Charmed

MENACES DE MORT

Traduit de l'américain
par Sophie Dalle
et adapté pour l'édition jeunesse
par Nouannipha Simon

Charmed

Menaces de mort

Une novélisation de Cameron Dokey
d'après la série télévisée « Charmed »
créée par Constance M. Burge

Édition Jeunesse

POCKET
jeunesse

Titre original :
Haunted by Desire

Série proposée par Patrice Duvic

Loi n° 49-956 du 16 juillet 1949 sur les publications destinées à la jeunesse : novembre 2002.

ISBN 2-266-11689-4

CHAPITRE 1

Il m'aime, un peu, beaucoup, passionnément, à la folie, pas du tout. Il m'aime...

— Prue, qu'est-ce que tu fabriques ?

La jeune femme sursauta. Elle ne s'attendait pas à voir Piper rentrer si tôt.

Prue était assise sur le tapis du salon, au milieu de pétales épars de marguerites. D'un geste vif, elle arrangea les fleurs qui restaient dans le vase puis se leva, comme si de rien n'était.

Piper éclata de rire. Vêtue d'une robe moulante en satin bleu marine, ses talons aiguilles cliquetant sur le parquet ciré, elle s'avança en fixant ses boucles d'oreilles scintillantes.

Chez les Halliwell, la soirée du lundi était réservée à un dîner au restaurant entre sœurs. Il ne manquait plus que Phoebe, la plus jeune. C'était pourtant elle qui avait tenu à instaurer ce rituel.

Qu'est-ce que t'ont fait ces pauvres marguerites ? interrogea Piper.

Vexée d'avoir été prise en flagrant délit, Prue avait cependant du mal à se retenir de sourire. Effeuiller des marguerites – à son âge ! *Heureusement que le ridicule ne tue pas*, songea-t-elle en s'agenouillant pour ramasser les pétales éparpillés.

À vrai dire, elle ne savait pas ce qui lui avait pris. Il n'y a, bien sûr, aucun mal à s'interroger sur les sentiments de son amoureux. Sauf quand on n'en a pas ! Si en matière d'ambitions et de tempéraments, les trois sœurs Halliwell étaient très différentes, leur vie sentimentale en était au même point : le vide total.

Les cheveux noirs, les pommettes saillantes, chacune avait un style bien à elle, mais il y avait un air de famille incontestable. Elles étaient toutes trois des sorcières, chacune dotée d'un pouvoir différent. Ainsi, Prue avait la faculté de déplacer les objets par la seule force de sa pensée, Piper celle de figer le temps, et Phoebe la possibilité de voir aussi bien dans le passé que dans le futur.

Les Halliwell étaient les *Charmed*. Lorsqu'elles unissaient leurs pouvoirs en « Pouvoir des Trois », elles comptaient parmi les sorcières les plus puissantes au monde. Cependant, le fait de posséder ces dons et de les mettre au service du bien n'était pas de tout repos. En effet, elles attiraient magiciens, démons et autres créatures maléfiques comme des aimants.

Aux yeux de Prue, cela rendait l'avenir – comme le présent, d'ailleurs – pour le moins incertain. Elle n'était donc pas étonnée d'avoir autant de mal à trouver l'homme de ses rêves.

Piper s'agenouilla auprès de Prue pour lui donner un coup de main, sans même penser qu'elle pouvait froisser sa belle robe neuve. Piper fonctionnait naturellement sur le mode « Au service des autres ».

— Tu ne m'as toujours rien dit, lui rappela-t-elle. Allez ! Je t'écoute !

— Il n'y a rien à expliquer, soupira Prue en haussant les épaules.

Prue fonctionnait naturellement sur le mode « Cool ».

— Tu parles ! s'exclama Piper. Dans ce cas, que signifient tous ces pétales de fleurs ?

— Je... je faisais une expérience scientifique.

Piper ne put s'empêcher de pouffer de rire.

— Raté ! Je n'y crois pas un seul instant !

Prue jeta une poignée de pétales sur sa sœur.

— Attention à ma robe ! protesta cette dernière.

Elle fronça les sourcils.

— J'ai l'impression que tu as sauté une étape.

— Laquelle ? railla Prue.

— Avant de te demander s'il t'aime un peu, beaucoup, etc., encore faudrait-il savoir s'*il* existe, non ?

Bien envoyé ! se dit Prue, qui n'avait absolument personne en vue pour le moment. Et c'était bien le problème.

Prue posa le reste des pétales sur la table basse, puis s'assit par terre, adossée contre le divan.

— Piper, murmura-t-elle, l'air songeur. T'arrive-t-il d'imaginer ce que serait notre vie si nous n'étions pas les *Charmed* ?

Piper réfléchit en silence, puis s'installa auprès de sa sœur.

— Parfois, oui, avoua-t-elle. Mais à quoi bon ? On ne peut pas revenir en arrière.

Elle marqua une pause.

— D'ailleurs, nous avons toujours été les *Charmed*, Prue. Sauf que nous ne le savions pas.

Piper observa Prue à la dérobée.

— C'est ce qui te tracasse ? ajouta-t-elle en montrant le petit tas de pétales blancs.

— Peut-être.

C'était Phoebe, la plus jeune des Halliwell, qui avait découvert le secret de leur véritable nature, peu après qu'elles avaient emménagé dans le manoir Halliwell, la demeure victorienne où les trois sœurs avaient grandi.

Il arrivait encore à Prue de ne pas y croire. Elle se surprenait même à espérer qu'elle se réveillerait un matin pour découvrir que tout était « normal », comme avant.

Mais cela ne risquait pas d'arriver, il lui suffisait de monter au grenier consulter le *Livre des Ombres* pour s'en assurer. C'est en découvrant ce vieux grimoire et en récitant l'un des envoûtements qu'il contenait que Phoebe avait réveillé les pouvoirs cachés des Halliwell.

Au fil du temps, les trois sœurs s'étaient rendu compte que le *Livre des Ombres* était bien plus qu'une simple liste de formules magiques et d'envoûtements. Il constituait un lien direct avec leurs ancêtres et contenait tout ce qu'elles devaient savoir sur les démons qu'elles seraient amenées à combattre.

Toutes trois avaient compris qu'elles devaient s'engager à lutter contre le mal et protéger les innocents.

Ce qui ne laissait pas beaucoup de place à l'amour.

— J'en ai assez de me battre constamment, expliqua Prue. Les problèmes les plus simples me paraissent compliqués.

— Parce que tu crois qu'être amoureuse, c'est simple ?

Prue esquissa un sourire.

— Tu sais ce que je veux dire. Dès que je m'intéresse à un garçon, je culpabilise parce que je dois lui cacher la vérité. Je ne vais tout de même pas commencer par lui avouer que je suis une sorcière !

Piper la regarda d'un air espiègle :

— S'il n'y avait que ça !

Prue fit semblant d'être indignée et lui jeta un coussin à la figure. Piper riposta par une poignée de pétales, puis leva les mains.

— Stop ! On fait la paix ! supplia-t-elle.

Un bruit familier vint interrompre leur chamaillerie. C'était la porte d'entrée.

— Coucou ! C'est moi ! lança Phoebe en surgissant dans la pièce.

Un souffle d'air froid se faufila jusqu'à elles. Leur petite sœur avait les joues rouges et les yeux brillants d'excitation.

— Les filles, vous n'allez jamais me croire !

Prue jeta un coup d'œil sur sa montre. Phoebe avait au moins vingt minutes de retard. À ce rythme-là, il ne resterait plus une seule table de libre au restaurant. Mais comment lui en vouloir ? Elle paraissait tellement joyeuse !

— Quoi de neuf ?

Phoebe ôta son manteau, le jeta sur le canapé et se laissa tomber auprès de Piper.

— Ça ! annonça-t-elle en agitant un papier avant de le poser sur les genoux de sa sœur.

— « La Colline Russe est-elle maudite ? », par Phoebe Halliwell, lut-elle à voix haute... De quoi s'agit-il ?

— Tu oublies le plus important, lui reprocha Phoebe en pointant l'index sur le « A » en rouge vif dans la marge. « A, excellente analyse de la légende », ajouta-t-elle fièrement.

— C'est une dissertation ?

Phoebe leva les yeux au ciel.

— Évidemment ! Je suis des cours du soir à l'université. « Légendes et folklore : à la découverte du San Francisco surnaturel. »

— Toi ? bredouilla Prue, incrédule.

— Et alors ? Ça t'étonne ? rétorqua l'intéressée, sur la défensive.

— En fait...

— D'accord, d'accord, je n'ai jamais été Miss Intello, admit Phoebe. Mais quand j'ai repéré ce sujet dans le programme, je n'ai pas hésité une seconde. Le but, c'est d'explorer les origines des mythes locaux sur la sorcellerie et les événements surnaturels survenus à San Francisco.

— Tu ne vas pas me dire qu'il y a des cours là-dessus ?

— Bien sûr que si ! Et j'ai pensé que pour une fois, je pourrais montrer ce dont je suis capable.

— C'est formidable, s'exclama Prue. Pourquoi ne nous en as-tu pas parlé plus tôt ? On ne savait même pas que tu t'étais inscrite à la fac !

Phoebe grimaça.

— J'avais un peu peur de ne pas être à la hauteur. J'ai donc décidé d'attendre les résultats du premier devoir avant de vous annoncer la nouvelle.

— Apparemment, tu t'es très bien débrouillée, la félicita Piper.

— Qu'est-ce que tu veux, c'est inné ! répliqua avec malice Phoebe.

Soudain, elle devint grave :

— Euh... Est-ce que je peux vous poser une question, les filles ?

— Bien sûr ! répondit Prue.

— Pourquoi sommes-nous assises par terre ?

Prise de court, Prue rit aux éclats. Elle jeta un coup d'œil vers Piper, qui hocha la tête d'un air complice.

— C'est une expérience scientifique, déclarèrent les deux aînées, en chœur.

Phoebe les fixa d'un air incrédule. Un grognement virulent de son estomac l'empêcha d'éclaircir la cause de l'hilarité de ses sœurs.

— Hypoglycémie. J'en ai tous les symptômes. Venez, enchaîna-t-elle en se levant et en tendant la main à Prue. Je connais un restaurant où ils servent des sushis fabuleux. Si on se dépêche, on sera là avant la foule.

— Tu nous en as parlé la semaine dernière, dit Prue. C'est pourquoi nous avons réservé une table pour dix-neuf heures trente.

— Ah bon ? Parfait ! Mais il est déjà dix-neuf heures quinze. On n'a pas une minute à perdre !

Prue et Piper levèrent les yeux au ciel.

— Allez-y, conseilla Prue à Piper. Je vous rejoins tout de suite.

Pendant que ses sœurs sortaient la voiture, Prue porta le bouquet de marguerites dans la cuisine et décida finalement de le jeter à la poubelle.

Elle n'en savait pas plus sur sa vie amoureuse, mais cela ne la tracassait plus. D'une façon ou d'une autre, tout s'arrangerait au mieux. L'homme de sa vie allait bien finir par montrer le bout de son nez !

En attendant, elle comptait profiter de cette soirée avec ses sœurs. Elle traversa le salon en courant et saisit son manteau au vol. Ses sœurs étaient ce qu'elle avait de plus important au monde et elles avaient toujours été à ses côtés, contre vents et marées.

— Mille, une fois. Mille, deux fois. Adjugé, vendu à M. Dylan Thomas ! proclama le commissaire-priseur chez Buckland.

De sa place, à l'avant de la salle bondée, Prue attendit que l'heureux acheteur s'avance vers elle. Elle ne pouvait s'empêcher de l'envier : il venait d'acquérir un fauteuil magnifique. Elle le gratifia cependant d'un large sourire.

— Le fauteuil William Morris est à vous, dit-elle, tandis qu'il lui tendait la plaquette qui l'identifiait. Félicitations, monsieur…

Prue fronça les sourcil en lisant son nom : Dylan Thomas. N'avait-elle pas déjà entendu ce nom quelque part ?

— Je m'appelle effectivement comme cela, déclara-t-il.

Elle eut du mal à masquer sa surprise. S'était-elle exprimée à voix haute ?

— Pardon ? balbutia-t-elle.

L'homme en face d'elle lui adressa un sourire charmeur. Prue ne put s'empêcher de rougir. Il était en effet terriblement séduisant. Grand, brun, les cheveux un peu longs coiffés en arrière, il portait un blazer bleu marine sur un jean foncé et une chemise blanche. *C'est le nom d'un poète !* se souvint Prue. Il la fixait droit dans les yeux. Des yeux d'un bleu si profond…

— Mon nom, répéta-t-il. Je m'appelle vraiment Dylan Thomas.

— En effet, il me semblait l'avoir déjà entendu…

— Les gens réagissent toujours comme ça, la rassura-t-il avec un sourire engageant. C'est une idée de ma mère. Étudiante en littérature anglaise, elle a passé sa lune de miel au pays de Galles, dans le village du célèbre poète Dylan Thomas. Quand je suis né, précisément neuf mois plus tard…

— Elle n'a pas eu le choix ! compléta Prue.

Elle sourit. Au fond, ce nom lui plaisait. Elle le trouvait à la fois romantique et sophistiqué.

Les yeux pétillants, Dylan Thomas se pencha sur son pupitre en pointant du doigt la liste des objets mis aux enchères.

— Bien… À propos de mon fauteuil, madame… euh… mademoiselle…

Habile, pensa Prue. *Il s'arrange pour savoir si je suis mariée ou célibataire.* Elle ne laissa pas passer cette chance.

— Mademoiselle, annonça-t-elle. Halliwell. Prue Halliwell.

Le bleu des iris de Dylan s'intensifia.

— Pour en revenir à mon fauteuil, mademoiselle Halliwell, j'ai bien vu qu'il vous plaisait. Je suis navré, mais il ne faut plus y songer. Je l'ai acheté. Il est désormais à moi.

Prue s'empourpra de nouveau. Comment avait-il pu deviner que le fauteuil lui plaisait ? Grâce à son emploi chez Buckland, elle voyait passer d'innombrables objets de valeur, tous très beaux et très originaux, mais ce siège avait tout particulièrement attiré son attention, avec ses courbes à la fois sobres et gracieuses, son bois foncé et sa tapisserie ancienne.

— C'est vrai, je l'aime énormément, avoua-t-elle.

Dylan se rapprocha davantage et lui murmura presque à l'oreille :

— Je serais ravi si vous acceptiez de venir l'admirer chez moi.

Prue pouffa de rire. Cet homme était incroyable ! Il déchiffrait ses moindres pensées. À moins qu'ils ne soient tout simplement sur la même longueur d'onde ?

En tout cas, il ne la laissait pas indifférente.

— Hum, hum…

Prue sursauta et s'aperçut avec étonnement que trois personnes faisaient la queue derrière Dylan Thomas. Pendant qu'ils bavardaient, la vente aux enchères s'était poursuivie et les clients attendaient avec impatience que l'on vérifie leur identité. Prue ne s'en était même pas rendu compte.

Qu'est-ce qui me prend? se demanda-t-elle. Elle qui restait toujours maîtresse d'elle-même. Toujours !

Dylan changea instantanément d'attitude. Il ne voulait pas la mettre dans l'embarras.

— Je suis désolé, murmura-t-il à l'homme derrière lui, mais j'ai succombé au charme de Mlle Halliwell.

— On ne peut guère vous le reprocher, lui répondit l'autre.

Prue se sentit devenir écarlate. Elle le regarda s'éloigner, sortir un petit carnet de la poche de sa veste, et y inscrire quelque chose.

Quelques minutes plus tard, il lui glissa un mot.

Prue,

Je constate qu'il vaut mieux que je m'en aille. Si je reste, je vais vous distraire. Mais je tiens absolument à vous revoir. Ce week-end, peut-être ? Répondez-moi oui, je vous en supplie.

Dylan.

Prue oublia complètement le client qui se tenait devant elle. Elle plongea son regard dans celui de Dylan.

— Oui.

— Un fauteuil Morris et un rendez-vous avec la plus jolie fille de San Francisco, murmura-t-il. Je n'en reviens pas. La chance est avec moi.

Prue frémit de plaisir. Était-ce cela, le coup de foudre ?

— Écoutez, reprit-il, après une brève hésitation. À propos de ce week-end. Je fais partie d'un groupe de musiciens et nous jouons dans un nouveau club, samedi soir. Cela me ferait vraiment plaisir que vous veniez nous écouter. Qu'en dites-vous ?

— Avec plaisir ! Où ?

— Je vous appellerai. Je vous laisserai l'adresse sur votre répondeur, assura-t-il en partant à reculons. À bientôt !

Le client de Prue manifestait des signes de mécontentement.

— Excusez-moi. Quand pourrai-je passer prendre mon tableau ?

— Montez au premier étage avec votre reçu... lui dit Prue d'un air absent.

Son esprit était ailleurs... avec Dylan Thomas.

Pour une fois, elle ne s'était pas souciée de l'avenir. Elle avait profité du moment présent. Évidemment, Dylan lui avait facilité la tâche, mais tout de même... Piper n'en reviendrait pas !

Un peu plus tard cet après-midi-là, Piper monta sur la scène de son club, le *P3*, en s'efforçant de prendre un air sévère.

— Vous êtes en retard, annonça-t-elle, le plus sèchement possible.

Bien entendu, cela n'impressionna nullement son interlocuteur.

L'homme qui se tenait devant elle avait l'air à la fois désolé et amusé. Il avait cette nonchalance des personnes sûres de leur charme... et il était vraiment craquant.

C'était le chanteur des « Nuits de Rêve », un groupe de swing qu'elle venait d'engager. Piper avait été très impressionnée par la cassette qu'il lui avait adressée.

— Vous avez raison, je suis en retard, et je n'ai aucune excuse. Je suis vraiment confus, Piper. Vous permettez que je vous appelle par votre prénom ? Vous... vous êtes bien Piper Halliwell, n'est-ce pas ? La directrice de ce club ?

Il sourit timidement.

— Je suis en train de tout gâcher, n'est-ce pas ? enchaîna-t-il.

Oh non, songea Piper, *vous êtes bien trop mignon !*

— Pas encore, lui dit-elle. Mais le temps presse. Il faut que vous ayez terminé la balance avant l'arrivée des clients, monsieur Thomas.

— Je vous en prie, appelez-moi Dylan.

— D'accord. Comme je vous l'ai expliqué par téléphone, Dylan, le *P3* n'organise des concerts que le week-end. Dans la semaine, les habitués viennent en sortant du bureau. Je vous laisse donc répéter jusqu'à 19 heures seulement.

— Très bien, dit-il, sur un ton très professionnel. Je comprends parfaitement. Je n'en ai pas pour longtemps.

Il se dirigea vers le podium mais se retourna presque aussitôt.

— Euh... Piper ?

Qu'il était séduisant ! Elle adorait son petit air timide.

— Vous serez là tout à l'heure, n'est-ce pas ? Puis-je vous offrir un verre entre deux morceaux ? Histoire de me faire pardonner, ajouta-t-il.

— Volontiers.

Il lui lança un sourire irrésistible. Piper rougit de plaisir.

Vivement que je rentre à la maison raconter ça à Prue et Phoebe !

CHAPITRE 2

Phoebe était arrivée en avance à son cours du mardi soir et était déjà plongée dans ses notes. Il n'y avait que Marjorie Yarnell avec elle dans l'amphithéâtre. C'était une étudiante plus âgée que les autres, elle arrivait la première et se plaçait toujours au premier rang, à côté de Phoebe. Comme d'habitude, ses cheveux blonds étaient parfaitement coiffés, elle portait une tenue élégante et de jolis bijoux. Cette femme intriguait Phoebe depuis le début. Mais après tout, la passion du surnaturel pouvait toucher toutes sortes de personnes.

— Est-ce que cette place est occupée ?

Phoebe sursauta. Elle leva les yeux sur un jeune homme dégingandé, dont elle ne se rappelait jamais le nom. C'était un étudiant qui, à en juger par son acné, sortait tout juste du lycée.

Phoebe ouvrit la bouche pour lui répondre que le siège était libre, mais elle fut interrompue :

— Désolé, il y a déjà quelqu'un.

Confus, l'adolescent rougit et chercha une autre place. Brett Weir s'installa aussitôt aux côtés de Phoebe. Il devait avoir à peu près son âge, peut-être deux ou trois ans de plus. Il lui adressa un sourire qu'il voulait sans doute ravageur.

— Vous vous appelez Phoebe, n'est-ce pas ? Moi, c'est Brett.

Il lui tendit la main.

Je me demande ce qu'un type comme lui fait ici, songea Phoebe. *Ce qu'il a l'air arrogant !*

Elle lui donna une brève poignée de main et replongea aussitôt le nez dans ses notes. Elle ne tenait surtout pas à engager la conversation. Elle était ici pour étudier, pas pour flirter.

Une jeune fille se glissa sur une chaise derrière eux. Phoebe reconnut Wendy Chang. Ne sortaient-ils pas ensemble, ces deux-là ? Phoebe se rappelait avoir vu Wendy s'accrocher au bras de Brett à peine une semaine plus tôt.

Wendy lui décocha un regard noir avant de fixer son attention exclusivement sur Brett.

— Salut !

Brett marmonna une vague réponse et lui tourna délibérément le dos.

Aïe ! Il y a de l'eau dans le gaz... se dit Phoebe. Qu'ils gardent leurs problèmes pour eux ! Elle ne voulait pour rien au monde y être mêlée.

Le professeur Hagin fit enfin son entrée.

— Bien ! déclara-t-il d'une voix profonde et théâtrale en allant se planter devant le tableau. Si tout le monde est prêt, nous pouvons commencer.

M. Hagin était plutôt grand, avec des cheveux gris coiffés en pétard. Il souleva une quantité incroyable de poussière en cherchant une craie. *Il n'est certes pas doué avec les craies*, songea Phoebe, *mais c'est le meilleur professeur que j'aie jamais eu.*

— Bien ! reprit-il en se frottant vigoureusement les mains... Aujourd'hui, nous allons parler de la légende des meurtres de Halloween... Cette fête ayant lieu dimanche prochain, j'ai pensé que c'était l'occasion idéale d'évoquer l'un des mystères de San Francisco. Un crime a été commis ici même, sur le campus de l'université. Y a-t-il quelqu'un parmi vous qui en ait entendu parler ?

Personne ne répondit, mais on sentait que tous attendaient la suite avec impatience.

— Dans ce cas, enchaîna le professeur Hagin, je vais vous raconter cette terrible histoire.

Il se percha sur le bord de son bureau et balança une jambe d'avant en arrière.

— Les meurtres de Halloween ont eu lieu il y a plus de quarante ans, en 1958. À cette époque, cet établissement n'appartenait pas, comme aujourd'hui, à la commune. C'était une université privée, fréquentée par les jeunes gens riches de la Californie du Nord.

Il reprit son souffle.

— Betty Warren appartenait à une influente famille de la ville. Très jolie, elle avait beaucoup de succès. Tous les garçons étaient à ses pieds. Mais elle tomba amoureuse de Ronald Galvez, un étudiant boursier. Bien évidemment, leur relation était mal vue de la famille et de l'entourage de la jeune fille. Même la meilleure amie de Betty, Charlotte Logan, désapprouvait ce choix. Mais Betty aimait Ronald Galvez et se moquait des préjugés de son milieu.

Cette Betty me plaît, pensa Phoebe en notant les noms des protagonistes de l'histoire. Il fallait un certain courage pour affirmer ses choix, surtout à l'époque.

— Certains pensaient que ce n'était qu'une passade, poursuivit le professeur Hagin. Mais personne n'imaginait le drame dans lequel tout cela s'achèverait. Car, dans la nuit de Halloween 1958, Betty et Ronald moururent tous deux, dans des circonstances horribles et jusqu'ici jamais résolues.

Phoebe se pencha en avant, fascinée.

— Ce soir-là, on avait organisé un grand bal costumé à Thayer Hall, qui abrite aujourd'hui l'association des étudiants de l'université. À l'époque, c'était un dortoir. Betty et Ronald se sont rendus à la soirée, comme la plupart de leurs camarades, ils ont dansé ensemble, puis se sont retirés dans une pièce attenante... Je suppose qu'il est inutile de vous préciser pourquoi...

Quelques rires fusèrent.

— Peu de temps après, on entendit des hurlements horribles. Betty surgit de la pièce où elle s'était cachée avec Ronald et s'effondra sur le sol. Elle avait été sauvagement poignardée. Ronald fut retrouvé à l'intérieur, les vêtements éclaboussés de sang. À ses pieds gisait Charlotte, la meilleure amie de Betty, morte elle aussi. Ronald était complètement hystérique et criait qu'il n'y était pour rien. Mais personne ne le crut. L'arme du crime était encore dans ses mains.

Le professeur Hagin savait tenir son auditoire en haleine. Les élèves frissonnaient tous d'effroi.

— Certains étudiants ont tenté de maîtriser Ronald, mais il les menaçait avec le couteau et s'échappa par la fenêtre. La police le retrouva, mais il chercha de nouveau à prendre la fuite. Le chef de la police était l'oncle de Betty. Il donna l'ordre à ses hommes d'abattre Ronald. La légende raconte que Ronald aurait clamé son innocence jusqu'au bout et que ses derniers mots furent pour Betty. On rapporte aussi que les esprits de Betty, Ronald et Charlotte hantent toujours le campus. Ronald Galvez fut déclaré coupable et l'affaire fut classée.

Quelle tragédie ! songea Phoebe. Non seulement trois étudiants avaient perdu la vie, mais en plus, la famille de Betty s'était arrangée pour que Ronald soit accusé.

Et s'il était vraiment innocent? S'il s'était passé autre chose, que personne n'ait su, ou expliqué, pendant toutes ces années?

Marjorie Yarnell tira Phoebe de ses pensées. La jeune femme était blême et tremblait de tous ses membres.

— Ça va? s'enquit Phoebe en lui tapotant instinctivement l'épaule.

— Très bien! assura Marjorie, l'air surpris.

Phoebe, en revanche, ressentit un léger malaise. Au contact de Marjorie, elle avait reçu comme une petite décharge électrique. Ce signe annonçait en général une vision. En effet, quelques secondes plus tard, sa vue se brouillait et des images dansaient follement devant ses yeux, avant de se préciser.

Elle voyait une grande pièce avec des guirlandes noires et des citrouilles. L'endroit était bondé. Des étudiants riaient et dansaient sur des airs des années cinquante. Ils étaient tous déguisés. Un cri perçant retentit soudain, si terrifiant que Phoebe se retint avec peine de se boucher les oreilles avec ses mains.

Ce hurlement dissipa la vision. Elle se retrouva de nouveau dans la classe, face au professeur Hagin.

Elle jeta des coups d'œil rapides autour d'elle. Comme d'habitude, cela n'avait duré que quelques secondes. Et, comme d'habitude, elle était complètement bouleversée. Ses camarades n'avaient, évidemment, rien vu ni rien entendu. Captivés par le récit, ils avaient hâte d'en connaître la suite. Seule Marjorie Yarnell semblait aussi remuée que Phoebe.

Comment se faisait-il qu'elle ait eu une vision en effleurant Marjorie ? Peut-être était-ce tout simplement parce que Marjorie était vivante à l'époque du drame ?

Alors que le professeur Hagin se retournait pour écrire quelque chose au tableau, Phoebe se pencha vers sa voisine.

— Tu es sûre que tu te sens bien ?

Marjorie acquiesça, mais son menton tremblait.

— C'est tellement abominable, murmura-t-elle. C'est curieux, je n'avais pas imaginé que ces légendes seraient à ce point… réalistes.

Le professeur poursuivit sa conférence en leur énumérant la liste des lieux et des heures les plus propices pour apercevoir les spectres de Betty, Ronald et Charlotte.

— Et maintenant que j'ai éveillé votre curiosité, ajouta-t-il, sachez que les « meurtres de Halloween » vont vous permettre de gagner des points supplémentaires, si vous le souhaitez. En effet, toute personne se proposant d'effectuer une enquête sur ces fantômes aura droit à un bonus comptant pour la note finale. Qui est volontaire ?

Phoebe leva aussitôt la main.

Le sujet lui convenait à merveille. Qui, mieux qu'elle, pouvait dénouer les mystères du passé ? Elle s'assurait par la même occasion une bonne note.

Peut-être, grâce à ses pouvoirs, parviendrait-elle à prouver l'innocence de Ronald Galvez.

— Mademoiselle Halliwell, très bien, approuva le professeur Hagin.

À ses côtés, Brett Weir agita soudain le bras.

— Moi aussi, j'aimerais travailler dessus, monsieur !

— Quel enthousiasme ! s'exclama l'enseignant avec un sourire satisfait. Peut-être pourriez-vous former une équipe, tous les deux ?

— Avec plaisir ! déclara Brett, enchanté.

— Mademoiselle Halliwell ? demanda le professeur.

— D'accord.

Si elle avait eu le choix, elle n'aurait pas choisi Brett. Elle le soupçonnait d'être nettement plus intéressé par elle que par le sujet à traiter. Enfin, elle saurait le remettre à sa place.

Après tout, ils seraient plus efficaces à deux.

Phoebe vit Wendy Chang grimacer.

— Moi aussi, cela m'intéresse ! lança cette dernière en surmontant son dégoût.

— Il me semble que deux personnes suffisent, dit M. Hagin. Je vous proposerai d'autres devoirs, au cours du semestre. Si vous...

La sonnerie interrompit son discours. Phoebe n'en revenait pas. Elle n'avait pas vu le temps passer !

Elle rangea ses affaires dans son sac et se leva. Elle était impatiente de commencer son enquête. Le mieux serait de foncer à l'association des étudiants et de réfléchir devant un bon café.

Elle se dirigeait vers la sortie quand une main l'arrêta. Marjorie Yarnell paraissait encore plus bouleversée qu'auparavant.

— Phoebe, tu vas me prendre pour une vieille folle…

— Mais non, voyons !

— C'est juste que… Fais attention à toi, quand tu mèneras ton enquête.

— Évidemment, murmura Phoebe, intriguée.

Les meurtres avaient eu lieu quarante ans plus tôt. Où était le danger ?

— Bien, bredouilla Marjorie en reculant, un peu gênée.

Elle ramassa ses affaires et sortit précipitamment.

Peut-être était-elle simplement sous le coup de l'émotion après l'intervention du professeur ?

En reprenant son chemin, Phoebe se demanda soudain si des étudiants avaient vu les spectres. Si cela avait été le cas, elle en trouverait certainement des traces dans le journal de l'université.

— Phoebe !

Quoi, encore ? Wendy Chang la rattrapa. Les yeux brillants, la bouche pincée, elle paraissait furieuse.

— Brett n'est pas aussi gentil qu'il en a l'air, siffla-t-elle. À ta place, je me méfierais.

— Tiens, Wendy, tu vantes mes mérites, une fois de plus ? railla Brett.

Qu'est-ce que j'ai à voir là-dedans? s'interrogea Phoebe. *Fichez-moi la paix!*

Prise sur le vif, Wendy devint rouge pivoine et serra ses livres contre sa poitrine.

— N'oublie pas ce que je t'ai dit, grommela-t-elle à l'intention de Phoebe, avant de se fondre dans la foule des étudiants.

— Je suis navré, Phoebe, marmonna Brett en lui emboîtant le pas. La vérité, c'est que Wendy est un peu trop... euh... passionnée à mon goût. Je ne peux pas adresser la parole à une fille sans qu'elle devienne folle de rage. Je n'en peux plus!

Super, songea Phoebe. *Il ne manquait plus que ça!* D'abord Marjorie la mettait en garde, et maintenant, elle devait supporter la jalousie de l'ex-copine d'un type qui ne l'intéressait même pas. Décidément, elle n'avait pas de chance...

— C'est gentil de m'avoir prévenue. Je garderai mes distances.

— Ça risque d'être compliqué. Si on travaille ensemble, ça ne va pas plaire à Wendy. Dis, tu ne crois pas qu'on devrait s'échanger nos coordonnées? Comme ça, on pourra se contacter, en cas de besoin.

Pas très subtil, songea Phoebe. À vrai dire, en d'autres circonstances, Brett l'aurait sans doute intéressée. Il était plutôt mignon, avec ses grands yeux noisette et sa mèche tombant sur le front.

Mais Phoebe s'était fixé un seul objectif: obtenir une bonne note à la fin du semestre.

— Ce n'est pas une bonne idée, Brett, répondit-elle. À la maison, mes sœurs et moi évitons tout ce qui concerne le boulot.

Il parut tellement déçu que Phoebe le prit en pitié.

— Si tu veux, on peut se retrouver demain. Je propose qu'on prépare chacun une liste des points à étudier. On en parlera ensemble avant de se répartir les tâches.

— Excellente idée! approuva Brett. Je savais qu'on ferait une équipe du tonnerre!

Brett voulut passer le bras autour des épaules de Phoebe.

— À demain, alors! lança-t-elle en s'esquivant habilement et en s'éloignant à grands pas.

En s'inscrivant au cours du soir, elle s'était lancé un défi. Pas une seule minute elle n'avait imaginé que le plus dur serait de se débarrasser de ses admirateurs!

Phoebe jeta un coup d'œil à sa montre. Cette conversation avait duré plus longtemps que prévu. Tant pis pour l'association des étudiants, elle devait rentrer chez elle. De toute façon, c'était là qu'elle se trouvait le mieux pour réfléchir. Elle allumerait une bougie parfumée pour se détendre. Elle en profiterait pour demander conseil à Prue et à Piper.

Non, décida Phoebe en regagnant sa voiture. Elle avait envie de résoudre ce mystère seule. Elle prouverait ainsi qu'elle n'était pas « l'écervelée » des Halliwell.

Elle ouvrit la portière, jeta ses affaires sur le siège passager et s'installa au volant. Ce ne fut qu'à l'instant où elle mit la clé de contact qu'elle remarqua le papier coincé sous son essuie-glace.

Plaqué par un coup de vent contre la vitre, le mot était parfaitement lisible : « Prends garde à toi ! »

Phoebe ne put s'empêcher de frissonner. Elle arracha la clé de contact, descendit du véhicule et s'empara de la feuille. Puis elle claqua la portière, froissa le message et fonça vers la poubelle la plus proche.

Si Wendy Chang croit me faire peur, elle se trompe ! ragea Phoebe en revenant à sa voiture.

Elle tira énergiquement sur la poignée. Mais la portière refusait de s'ouvrir. Un sentiment de panique l'envahit.

C'est absurde, pensa-t-elle. *Il faut que je me calme.*

Elle s'efforça de respirer paisiblement, puis remit la clé dans la serrure. Cette fois-ci la portière n'offrit aucune résistance. Phoebe prit place et démarra, les mains tremblantes.

Pourquoi me soucier des fantômes ? se demanda-t-elle en quittant l'aire de stationnement. *J'ai tout ce qu'il me faut ici, grâce à Wendy Chang !*

CHAPITRE 3

— Tu as vu ça ? demanda Phoebe en brandissant un tract pour le bal de Halloween. Cela fait plus de quarante ans qu'il n'y en a pas eu sur le campus.

En ce mercredi après-midi, elle prenait un café en compagnie de Brett à l'association des étudiants, autrefois Thayer Hall, lieu des meurtres de Halloween. Quand l'établissement était passé aux mains de la ville, on avait supprimé les chambres et reconverti le bâtiment en lieu public. Phoebe trouvait l'initiative à la fois intelligente et terrifiante. Transformer Thayer Hall en un carrefour de rencontres avait en effet permis d'effacer les traces du passé.

Brett jeta un coup d'œil sur le prospectus et hocha la tête.

— Oui, j'ai vu. Ils cherchent encore des gens pour décorer la salle, la veille de la soirée. Le thème, c'est les années cinquante. Génial, non ?

C'est horrible, oui ! faillit s'écrier Phoebe.

En effet, cette idée lui paraissait étrange, voire dangereuse.

Phoebe plia la feuille et la glissa dans son sac avant de boire une gorgée de son cappuccino.

— J'ai réfléchi aux différentes pistes sur lesquelles on pourrait enquêter. Pour commencer, on devrait se renseigner, pour savoir s'il y a eu d'autres incidents à l'intérieur ou aux alentours de Thayer Hall. En plus des assassinats, j'entends.

Brett haussa un sourcil.

— Où veux-tu en venir ?

— Il me semble qu'on a tout intérêt à insister sur la présence des fantômes sur les lieux du crime. Après tout, ils sont au cœur de notre sujet. On pourrait parcourir les journaux de l'époque en quête de phénomènes inexpliqués liés aux événements...

Brett écarquilla les yeux.

— Tu as raison ! Je n'avais pensé qu'à résoudre le mystère des meurtres...

— À mon avis, il faut chercher dans les deux directions.

Si tout se passait bien, Brett effectuerait ses recherches sur microfiches à la bibliothèque, pendant qu'elle enquêterait de son côté. Elle préférait agir seule.

— Qu'est-ce que tu comptes faire ? s'enquit Brett.

Phoebe sortit un livre de sa mallette. C'était l'album de la promotion de 1959.

— Je n'ai pas trouvé celui de 1958, dit-elle. Mais regarde un peu ce que j'ai découvert.

Elle avait marqué une page où il y avait des photos d'étudiants et en indiqua une en particulier à Brett.

— Ça alors, c'est fou ! s'exclama ce dernier en lisant la légende à voix haute : John Williams, major de la classe de 1959. Équipe de foot, défenseur...

Brett sourit avant d'ajouter :

— ... devenu aujourd'hui le professeur Williams, conseiller principal d'éducation.

— Je vais commencer par interviewer les membres de l'équipe administrative actuelle qui étaient élèves au moment du drame. En commençant par le plus important.

— Que puis-je faire pour vous, mademoiselle Halliwell ?

Phoebe put constater que le professeur Williams avait gardé sa carrure d'athlète.

— Je rédige un mémoire pour le cours du professeur Hagin, expliqua-t-elle. Sur les meurtres de Halloween. Vous étiez étudiant ici, à cette époque. J'ai pensé que vous pourriez me raconter ce qui s'était passé.

Le visage de son interlocuteur s'assombrit, et Phoebe se demanda si elle ne ravivait pas des souvenirs trop pénibles.

— Peut-être avez-vous connu Ronald Galvez ou Betty Warren ? enchaîna-t-elle.

Il se pencha en avant et posa les coudes sur son immense bureau en chêne.

— Betty Warren était une amie. Une jeune fille adorable. Et Ronald Galvez l'a tuée, ainsi que Charlotte. Ça, j'en suis certain. J'avais toujours su que ce garçon était un fauteur de troubles.

Phoebe nota les commentaires du professeur Williams dans son carnet. Cette réaction ne l'étonnait guère. Il faisait partie des amis de Betty qui voyaient d'un mauvais œil sa liaison avec Ronald.

— Que voulez-vous dire par là ?

— Galvez était un voyou. Il n'était pas bête – après tout, il avait obtenu une bourse d'études – mais il se croyait tout permis. Il narguait tout le monde et provoquait des bagarres. Il n'aurait jamais dû fréquenter quelqu'un comme Betty. Il n'était pas des nôtres.

— Autrement dit, personne n'approuvait leur amour ?

— Personne. Naturellement, celle que cette histoire bouleversait le plus, c'était la meilleure amie de Betty, Charlotte Logan. Elle ne supportait pas de voir Betty se perdre avec un type comme Ron Galvez. Elle savait que ça se terminerait mal, mais Betty n'en a fait qu'à sa tête.

Une lueur vacilla dans les prunelles du professeur.

— Pour tout vous dire, ajouta-t-il plus bas, Betty était têtue comme une mule.

Aussitôt, Phoebe fut sur ses gardes. Quand il évoquait Betty, le professeur paraissait presque mélancolique. Il était plus jeune qu'elle et ne faisait donc pas partie de sa promotion, mais on aurait dit qu'il en avait été amoureux…

— J'ai toujours été convaincu que le soir du bal, Betty s'est rendu compte de son erreur. D'après moi, c'est pour rompre qu'elle s'est réfugiée dans une pièce à part avec Ronald. Les rumeurs selon lesquelles ils s'étaient enfermés pour « se peloter » sont absurdes, précisa-t-il en rougissant légèrement. Ce n'était pas du tout le genre de Betty.

Gagné ! songea Phoebe. Tout à coup, elle comprenait la réticence de John Williams à ressasser le passé. Il avait été amoureux de Betty Warren. Cela sautait aux yeux.

— Donc, selon vous, quand Betty a dit à Ronald que tout était fini entre eux, il l'a tuée ?

— J'en ai la certitude. Betty a rompu et ça l'a rendu fou de rage. Il l'a assassinée. J'imagine que Charlotte a voulu intervenir et qu'il s'en est pris à elle. Il a dû penser qu'elle avait monté Betty contre lui.

— C'est passionnant, murmura Phoebe en complétant ses notes.

Elle leva la tête. Le professeur Williams semblait nettement plus détendu maintenant.

Phoebe décida que le moment était venu d'envisager une autre version des faits. Elle voulait voir la réaction de M. Williams.

— Et si quelqu'un d'autre était impliqué? suggéra-t-elle en scrutant attentivement son visage. Une personne qui se serait échappée de la pièce avant que les autres ne surviennent, et dont l'identité n'aurait jamais été découverte?

À ces mots, le professeur Williams devint rouge d'indignation.

— C'est complètement absurde! aboya-t-il. À l'époque, la famille de Ronald Galvez aussi y a cru et elle a bien essayé de prouver son innocence. Mais c'est lui le coupable! Il n'y a aucun doute là-dessus. Ce n'est pas la peine de revenir sur le passé.

Il contourna son bureau, tandis que Phoebe rassemblait précipitamment ses affaires.

— Je ne peux malheureusement pas vous consacrer davantage de temps, mademoiselle Halliwell, conclut-il en lui montrant la porte.

Phoebe se leva et s'apprêtait à quitter la pièce quand il ajouta:

— Suivez mon conseil, mademoiselle. Ne remuez pas le passé. Il n'y a aucun mystère et c'est une affaire classée. Ronald Galvez a tué ces deux étudiantes, un point c'est tout.

— Merci de votre aide, monsieur, marmonna Phoebe.

Comment expliquer un tel changement de comportement ? se demandait-elle.

Elle faillit bousculer Marjorie Yarnell en sortant.

— Ah ! Phoebe ! Je... Excuse-moi, je ne t'avais pas vue.

Évidemment ! songea Phoebe. *Puisque je sors du bureau...*

Marjorie se trouvait juste derrière la porte. Était-il possible qu'elle ait écouté leur conversation en douce ?

— Je crois que le professeur est libre de te recevoir, à présent, si tu as rendez-vous, ajouta Phoebe en constatant l'absence de la secrétaire.

Marjorie tripota nerveusement la bandoulière de son sac.

— Oh, non ! protesta-t-elle. Ce n'est pas du tout ça. Je... je n'ai pas rendez-vous avec lui, je... je passais là par hasard...

Par hasard ? s'étonna Phoebe. *Bizarre...*

— ... À plus tard, en cours, Phoebe ! enchaîna Marjorie en essayant d'avoir l'air naturel.

Sur ce, elle lui tourna le dos et s'éloigna dans le couloir.

Décidément, tout cela était bien étrange. Pourquoi le professeur Williams se mettait-il dans tous ses états à l'idée que Ronald Galvez n'était peut-être pas le meurtrier ?

Alors que Phoebe poursuivait son chemin, l'une des déclarations de John Williams lui revint à l'esprit : « C'est une affaire classée. » Le moment était sans doute venu de consulter les archives de la police. Avait-on mené une enquête sérieuse ? Il ne fallait pas oublier que l'oncle de Betty faisait partie de la police et qu'il n'avait pas hésité à faire abattre Ronald.

De plus en plus intriguée, Phoebe se promit de découvrir ce qui s'était vraiment passé ce soir-là... Il n'était plus seulement question d'obtenir une bonne note !

Piper et Dylan prenaient un café ensemble au *P3*.

— Je ne sais comment vous remercier, Piper. C'est formidable de nous avoir laissés répéter sur place. Je...

Dylan Thomas marqua une pause et attendit que la jeune femme lève les yeux sur lui.

Il ne l'avait rencontrée que la veille, mais n'avait pas perdu une minute.

Il soutint le regard de Piper, puis baissa les paupières en feignant d'être gêné.

— Qu'y a-t-il, Dylan ? s'enquit-elle. Vous pouvez me le dire.

Vous le saurez bien assez tôt, pensa-t-il. *Patience*.

Personne ne pouvait ignorer la gentillesse de la jeune femme. Il sentait qu'elle avait du mal à se retenir de prendre sa main dans la sienne. Il fit mine de vouloir saisir sa tasse de café puis, à la dernière seconde, il laissa traîner sa main sur la nappe, la paume offerte.

Piper n'hésita pas une seconde, elle y glissa la sienne. Dylan referma ses doigts sur les siens. Bien. Très, très bien. Piper Halliwell réagissait exactement comme il l'avait prévu… Elle était désormais à sa merci.

Le moment était venu de passer à l'étape suivante.

— C'est rare d'avoir autant de temps pour régler la balance, insista-t-il. C'est important pour nous ; malheureusement, la plupart des dirigeants de clubs semblent avoir du mal à le comprendre.

Piper haussa les épaules, mais ses joues roses de plaisir la trahirent.

— Le bouche à oreille marche déjà. Vous allez jouer à guichets fermés pendant tout le week-end.

Dylan la gratifia d'un sourire éclatant.

— Excellent ! Je me suis permis d'inviter quelqu'un samedi. J'espère que ça ne vous ennuie pas.

— Pas du tout.

— Excusez-moi. Je suis désolée de vous déranger, les interrompit une serveuse.

— Qu'y a-t-il, Nicole ? s'enquit Piper.

— On vous demande au téléphone.

— Pardon, murmura Piper à Dylan. Je reviens tout de suite.

Je sais, se dit Dylan, tout en maintenant la pression sur ses doigts. En fait, c'était presque trop facile.

La naïveté des *Charmed* l'étonnait un peu, mais il n'allait pas s'en plaindre, bien au contraire.

Piper suivit Nicole jusqu'au bar et décrocha le téléphone. Elle s'installa sur un tabouret, tournant le dos à Dylan, qui en profita pour sortir une pochette en velours de sa veste. Il en dénoua les lacets, y plongea les doigts et en extirpa une pincée de poudre violette.

Il s'étira comme si ses muscles étaient engourdis à force de rester assis et laissa discrètement tomber la poudre dans la tasse de Piper.

Un nuage scintillant se forma au-dessus du breuvage, passant du blanc au rouge et, pour finir, au noir, avant de disparaître complètement.

— Rien de grave, j'espère? murmura-t-il lorsqu'elle revint.

— Rien du tout, en fait. Le temps que j'arrive, la personne avait raccroché.

Dylan avala une gorgée de café en prenant un air songeur.

— Je suppose que vous recevez souvent des coups de fil de ce genre.

— Quelques-uns, acquiesça Piper en buvant à son tour.

Elle grimaça.

— Ce café est beaucoup trop fort!

— Ah! fit Dylan, faussement étonné.

Parfait. Elle était maintenant prise au piège. Ce

n'était plus qu'une question de minutes avant que la poudre ne fasse effet.

— Le mien est délicieux, ajouta-t-il.

— C'est normal, rétorqua-t-elle. Puisque c'est le vôtre.

Aussitôt, elle arrondit la bouche, sidérée par son audace. Dylan l'observa, enchanté.

Épatant! songea-t-il. *Il aura suffi de trente secondes!*

— Je suis confuse! dit Piper. Je ne...

Quelle ne fut pas sa joie devant le désarroi de Piper, qui se leva, se cogna contre la table et renversa leurs deux tasses.

De mieux en mieux! Non seulement Piper a bu ma potion, mais en plus, elle vient d'effacer toute trace de mon délit.

— Je vais faire nettoyer ça tout de suite, bredouilla le jeune femme. J'espère que vous n'en avez pas sur vous?

— Je crois que ça va, murmura-t-il en se levant à son tour et en se penchant vers elle. Je vous laisse, mais j'attends avec impatience de vous revoir demain, Piper.

— Demain. Oui, très bien. Demain.

Elle se dépêcha d'aller chercher une éponge.

Dylan quitta le *P3* en chantonnant. Jusqu'ici, tout se déroulait à merveille. Il s'arrêta sur le trottoir et consulta sa montre. Seize heures quarante-cinq.

Il ferait mieux de se dépêcher, s'il voulait passer voir Prue avant qu'elle ne quitte son lieu de travail.

Avec toute cette circulation, il n'y arriverait jamais à temps.

Dylan se concentra, puis cligna lentement les paupières, une seule fois. Lorsqu'il rouvrit les yeux, il était devant l'entrée de Buckland.

— Allons, Prue ! insistait-il quelques minutes plus tard, en se penchant sur son bureau. Ne me dites pas que vous n'avez pas le temps de prendre un café ! Je vous révélerai où j'ai caché mon fauteuil ! ajouta-t-il d'un ton taquin.

Prue ne put s'empêcher de rire.

— Mon petit doigt me dit qu'il est chez vous.

— Dans ma chambre d'hôtel.

— Dans votre chambre d'hôtel, répéta-t-elle.

— Comment le savez-vous ?

Le jeune femme s'esclaffa.

Décidément, il s'amusait comme un petit fou. Séduire les deux sœurs étaient un véritable délice. La douceur et la générosité de Piper contrastaient avec la vivacité et le sens de la repartie de son aînée.

Quand Prue aurait avalé, comme Piper, la potion magique, elle ne pourrait plus se passer de lui. Ensuite, il suffirait d'aiguiser leur jalousie pour finalement les dominer.

Les *Charmed* n'étaient invincibles que lorsqu'elles œuvraient ensemble. Individuellement, elles n'étaient pas si fortes que cela et paraissaient même assez vulnérables. Il n'aurait aucun mal à les dépouiller de leurs pouvoirs.

— Je vous en supplie, s'obstina-t-il. Je connais un bar très agréable. C'est un de mes endroits préférés et il est juste en face.

— Le *Michelange* ? J'y vais régulièrement. Bon, d'accord ! céda Prue. Mais je ne resterai pas plus de vingt minutes.

Dylan lui décocha un sourire ravageur, puis l'aida à enfiler sa veste en laissant volontairement traîner ses doigts sur les épaules de la jeune femme.

— C'est plus de temps qu'il n'en faut, murmura-t-il.

CHAPITRE 4

— Tous ceux que j'ai interrogés semblaient absolument convaincus de la culpabilité de Ronald Galvez, déclara Phoebe d'un ton morose.

Le lendemain de son entretien avec le professeur Williams, Phoebe avait retrouvé Brett à la bibliothèque du campus pour faire le point. Elle avait déjà parcouru tous les articles de journaux sur microfiches concernant le drame.

— J'ai même passé la matinée à consulter de vieilles archives de la police, ajouta-t-elle.

— Et… ?

— Rien. Le dossier est introuvable. Disparu. Volatilisé.

— C'est bizarre, fit remarquer Brett.

— Plus que cela. On dirait que quelqu'un cherche à cacher la vérité.

— Donc, nous sommes dans une impasse.

— Quelle perspicacité ! railla Phoebe, en jetant un coup d'œil sur les albums des années cinquante étalés en éventail devant elle.

Elle espérait qu'à force d'examiner les photos de Betty, Ronald et Charlotte, une inspiration lui viendrait. Elle cherchait à cerner leur personnalité, à se rapprocher d'eux. Seulement son enquête piétinait. Brett en était en grande partie responsable. Chaque fois qu'elle examinait une piste, il se débrouillait pour l'interrompre.

D'abord, il avait insisté pour s'installer dans un coin reculé de la salle, sous le prétexte qu'ainsi ils risquaient moins d'être dérangés. En fait, comme le soupçonnait Phoebe, il cherchait l'endroit propice pour la séduire. Elle le surveillait avec une méfiance grandissante, tandis qu'il rapprochait sa chaise de la sienne, centimètre par centimètre.

Décidément, la subtilité n'était pas son fort, pensa Phoebe en s'emparant au hasard d'un des albums : 1957, un an avant le meurtre. Les victimes auraient obtenu leur diplôme en 1959. Phoebe n'avait pas pu mettre la main sur celui de 1958, l'année des meurtres. Avait-il disparu en même temps que les archives de la police ?

Phoebe feuilleta rapidement les pages, jusqu'à ce qu'elle trouve la photo de classe de Ronald Galvez. Il avait quelque chose de James Dean et ce côté rebelle n'inspirait pas confiance. Cheveux bruns.

Yeux bruns. Le regard brillant, dur. Malgré tout, Phoebe éprouvait de la sympathie envers lui. Il avait dû terriblement souffrir de se sentir rejeté par les proches de Betty.

Phoebe pensa à l'oncle de la jeune femme, le chef de la police qui avait ordonné à ses hommes de tirer. Ronald Galvez n'avait-il donc personne pour le soutenir ?

Il y avait bien quelqu'un, se dit Phoebe. Malheureusement, Betty Warren, la seule qui aurait pu prendre sa défense, avait été aussi la principale victime.

Phoebe referma brusquement l'album et se balança en arrière sur son siège.

— Il y a quelque chose qui cloche, murmura-t-elle. Le professeur Williams, le professeur Hagin, tous ceux qui étaient là à l'époque du meurtre rapportent exactement la même version des faits. Ça me paraît trop simpliste. Nous ne savons pas tout, j'en suis persuadée.

Phoebe sursauta en sentant le bras de Brett se poser sur ses épaules. Sa chaise grinça, tandis qu'il la rapprochait encore un peu.

S'il me dit qu'il meurt d'envie d'en savoir plus sur moi, je l'étripe !

— C'est toi qui m'intéresses, Phoebe, chuchota-t-il à son oreille.

Gagné ! Phoebe bascula le poids de son corps vers l'avant et son siège retomba lourdement… sur le pied gauche de Brett.

— Aïe ! hurla-t-il en lâchant Phoebe.

Il se recula vivement et lui lança un regard furieux.

— Oh, pardon ! Je t'ai fait mal ? lui susurra-t-elle en feignant d'être affligée. Je suis désolée, Brett. En plus, je n'ai pas arrêté de parler. À ton tour ! Où en es-tu dans tes recherches ? Es-tu tombé sur quoi que ce soit d'intéressant ? Existe-t-il des témoignages sur l'apparition des fantômes ?

Brett semblait soudain bien embarrassé. Il marmonna quelque chose.

— Pardon ? fit Phoebe avec un sourire mielleux. Excuse-moi, je n'ai pas bien compris.

— Je n'ai pas encore commencé, dut-il avouer.

Le sourire de Phoebe resta figé.

— Voyons... J'ai passé ma matinée à fouiller les archives de la police. J'ai consacré tout mon après-midi d'hier à interroger différents témoins au sujet des meurtres. D'une manière générale, je n'ai réussi qu'à me faire envoyer promener, et toi, tu m'annonces tranquillement que tu n'as rien fait du tout ?

— D'accord, d'accord, grommela-t-il en se levant. Inutile de remuer le couteau dans la plaie. J'y vais.

Il s'éloigna en boitant et disparut au détour d'une étagère.

Phoebe lui adressa une grimace dans le dos. Elle avait essayé de rester gentille, mais Brett n'était qu'un idiot. Tant pis pour lui.

La jeune femme s'avança sur la pointe des pieds jusqu'au bout de la rangée de livres. Elle tourna la tête à droite, puis à gauche. Maintenant que Brett avait disparu, cette partie de la bibliothèque était complètement déserte.

Super! songea-t-elle. La voie était libre pour procéder à l'étape numéro deux.

Phoebe regagna rapidement sa place en sortant un bout de papier de la poche de son chemisier. Elle déplia la feuille et la posa sur la table devant elle. Elle y avait recopié une incantation du *Livre des Ombres.*

Phoebe avait espéré que Brett la renseignerait sur les apparitions des spectres, mais il lui fallait se passer d'informations supplémentaires.

Les gens en savaient plus qu'ils ne voulaient bien le dire sur ces crimes, elle en avait la certitude. Les vivants, en tout cas. Que pouvaient lui révéler les morts ?

Phoebe ne disposait que d'un seul moyen pour avoir une réponse à cette question : invoquer un fantôme. Elle n'en avait parlé ni à Prue ni à Piper, bien qu'elle eût préféré agir avec ses sœurs. Les sorts étaient plus puissants – et surtout mieux maîtrisés – lorsqu'ils étaient jetés par le « Pouvoir des Trois ».

Seulement Phoebe avait à peine croisé ses sœurs depuis le début de la semaine. Elle procéderait donc seule… et assumerait les conséquences de son acte.

Bon, qu'est-ce que tu attends? Elle ne manquait pourtant pas d'expérience. Ce n'était pas la première fois qu'elle avait affaire au surnaturel. Phoebe étudia une dernière fois le texte. Il ne lui permettait d'appeler qu'un seul fantôme, mais c'était mieux que rien.

Elle prit une profonde inspiration et ferma les yeux.

Gardiens du Temps, écartez le rideau.
Laissez filtrer les mystères ;
Que passé et présent ne soient plus divisés.
Envoyez-moi un esprit, qui me guide vers l'intérieur.
Les acteurs disparus, à moi laissez tout voir.
Ainsi l'ai-je décidé, ainsi en sera-t-il.

Phoebe rouvrit les paupières et regarda autour d'elle.

Elle était toujours assise dans la bibliothèque du campus universitaire. Il n'y avait pas l'ombre d'un fantôme en vue.

Ravalant sa déception, Phoebe relut la formule magique. Avait-elle inversé des mots ? oublié une phrase ?

Non. Où donc était passé son fantôme ?

Peut-être l'incantation n'était-elle pas assez précise. Oui, au fond, elle était assez vague. Car elle avait eu beau chercher, Phoebe n'avait pas trouvé, dans le *Livre des Ombres*, un sort qui pût faire apparaître les trois spectres en même temps. Phoebe avait donc dû se contenter de quelque chose de plus général. Peut-être était-ce insuffisant pour solliciter les esprits de Betty, de Ronald ou de Charlotte.

Tant pis. Elle consulterait de nouveau l'ouvrage ce soir. Les choses ne pouvaient pas toujours se passer comme prévu. Elle était bien placée pour le savoir.

Elle replia son papier et le remit dans la poche de son chemisier. Au fond, ce contretemps l'arrangeait. Elle pourrait en discuter avec Prue et Piper, ce soir. Peut-être ces dernières accepteraient-elles de l'aider.

En attendant, Phoebe s'empara d'un autre album. Sa main s'immobilisa sur la reliure en cuir. Derrière elle, quelqu'un sanglotait. Une étudiante, probablement. Encore un chagrin d'amour ou une mauvaise note…

Je ferais tout de même mieux d'aller voir…

Phoebe se leva, longea la rangée d'étagères en suivant la direction des pleurs, sur sa droite. Mais elle s'arrêta net : le bruit s'était estompé. La fille s'était-elle calmée ? Non… Mais les plaintes semblaient maintenant venir de la gauche.

Phoebe revint sur ses pas, les sanglots s'éloignèrent de nouveau, du côté de l'alcôve près des atlas. Elle s'y précipita, mais il n'y avait personne.

Un frisson lui parcourut l'échine. La jeune fille en larmes cherchait-elle simplement à l'éviter ? Ou l'incantation avait-elle enfin produit son effet ? Et si c'étaient les lamentations d'un fantôme ?

Phoebe retint son souffle. *Il n'y a pas de quoi s'affoler*, se rassura-t-elle en reprenant son chemin entre les rayons de livres. *C'est une bibliothèque, un lieu public. Il y a d'autres étudiants, des responsables…*

Parvenue au bout de la rangée, elle jeta un coup d'œil vers la droite, persuadée d'avoir entendu quelque chose.

Rien. Absolument rien. Les pleurs avaient cessé.

Son imagination lui jouait-elle des tours ? Phoebe se massa les tempes. Peut-être ferait-elle mieux de rentrer chez elle. Elle regagna sa table. Une fois de plus, un gémissement se fit entendre.

Cette fois, il était plus fort... et juste derrière elle.

Le cœur battant la chamade, elle fit volte-face.

Je rêve, pensa-t-elle. *Je suis pourtant certaine d'avoir entendu quelqu'un sangloter, juste là.*

Pourquoi ne voyait-elle personne ?

Les sons devaient rebondir sur les étagères de livres. Peut-être même que ce phénomène avait un nom. Si tel était le cas, Prue devait le connaître.

Tu parles ! C'est le syndrome Halliwell de l'attaque de panique, oui !

C'était absurde de se laisser impressionner par un bruit alors qu'il y avait sûrement une explication. Elle ne l'avait pas encore trouvée, voilà tout.

Phoebe rebroussa chemin. Les sanglots s'amplifièrent à mesure qu'elle avançait.

Bon, cette fois, je n'ai pas rêvé, se dit-elle, sans s'arrêter devant la table sur laquelle étaient éparpillées ses affaires.

Une fois de plus, ce fut le silence.

— Il y a quelqu'un ? murmura-t-elle.

Aussitôt, les lamentations reprirent, mais à présent, elles semblaient surgir de partout à la fois, de plus en plus fortes, de plus en plus désespérées. Phoebe dut faire un effort pour ne pas se boucher les oreilles.

C'était infernal ! Elle avait envie de hurler, mais la panique la paralysait. Elle sentait une présence toute proche.

Phoebe distingua alors une jeune femme qui venait à sa rencontre. Sa silhouette se fondait dans la pénombre et semblait se dissoudre par moments.

Le charme avait opéré : Phoebe se trouvait en présence d'un spectre.

L'apparition se rapprocha puis, tout à coup, s'immobilisa au bout de l'étagère la plus proche.

Je dois communiquer avec elle. Il faut qu'elle me dise ce qu'elle sait. Mais les mots lui restaient dans la gorge.

Les yeux fermés, Phoebe prit une profonde inspiration pour se redonner courage. *Ce n'est qu'un fantôme*, se répéta-t-elle. Phoebe rouvrit les yeux. La jeune femme avait disparu tandis qu'un courant d'air glacial s'engouffrait dans les allées de la bibliothèque.

Elle voulait la rappeler : *Attendez ! Je vous en supplie, ne partez pas, je veux vous parler.*

— *Attention !* gronda une voix désincarnée. *Attention !*

Bon, ça suffit comme ça ! décida Phoebe.

Elle voulut s'enfuir en courant, mais ses muscles refusaient d'obéir.

Les livres se mirent à voler dans tous les sens.

Phoebe ne pouvait rien faire pour se protéger.

L'étagère d'en face trembla, grinça puis bascula sur elle.

Oh, non ! Non ! Non ! Non !

CHAPITRE 5

Pétrifiée d'horreur, Phoebe regarda, impuissante, l'énorme bibliothèque s'effondrer sur elle !

Au dernier moment, elle fut projetée en avant, comme si quelqu'un l'avait poussée dans le dos. Elle vit du coin de l'œil les lourdes étagères se fracasser sur le sol, à l'endroit même où elle se tenait une seconde auparavant.

Les jambes flageolantes, elle se rua vers la table, ramassa ses affaires et courut vers la sortie.

Le vacarme avait attiré l'attention des étudiants qui se précipitèrent sur les lieux de l'incident.

Phoebe se sentait un peu coupable de s'éclipser sans donner la moindre explication. Mais que pouvait-elle dire ? *J'ai invoqué un fantôme et il a tenté de me tuer en renversant une rangée d'étagères...*

Impossible.

Quelle idiote ! se réprimanda-t-elle en dévalant les escaliers.

Elle n'aurait jamais dû s'aventurer seule dans une histoire pareille ! Elle avait eu tort de ne pas demander l'aide de Prue et de Piper. Appeler un esprit de l'au-delà n'était pas une mince affaire. Apparemment, ce dernier n'avait guère apprécié son initiative.

Phoebe fonça à sa voiture garée dans le parking le plus proche. Elle fouilla dans son sac et prit ses clés. Un mouvement dans la pénombre l'arrêta. Elle tressaillit, et lâcha par mégarde son trousseau.

Le fantôme l'avait suivie ! Il l'avait retrouvée !

Le cœur battant à tout rompre, oubliant ses clés, Phoebe fixa la silhouette. Au bout d'un instant, elle se rendit compte qu'elle ne la poursuivait pas. Au contraire, elle s'éloignait en se faufilant entre les véhicules.

Phoebe ouvrit sa portière et s'installa au volant. S'assurant qu'elle avait tout verrouillé, elle s'accorda deux ou trois minutes pour reprendre ses esprits.

Bon... Ce pouvait être n'importe quel étudiant regagnant sa voiture.

Phoebe pianota sur le tableau de bord en réfléchissant. L'épisode de la bibliothèque était-il le fruit de son imagination ? Comme elle avait invoqué un fantôme, elle s'attendait à en rencontrer un. Mais cela ne voulait pas forcément dire qu'elle venait d'en croiser un.

Et si c'était Wendy qui avait tenté de l'éliminer ? Elle avait peut-être surpris Brett en train de lui faire des avances... Folle de jalousie, elle aurait cherché à se débarrasser de sa rivale. Elle avait déjà reçu un avertissement : le mot sous l'essuie-glace. Il y avait sûrement été laissé par l'ex-petite amie de Brett.

Phoebe était prise d'un subit mal de tête.

Je me demande qui je dois craindre le plus, songea-t-elle. *Wendy Chang ou le fantôme ?*

Il était grand temps de rentrer à la maison. La jeune femme démarra et s'engagea vers la sortie du parking. Elle aperçut non loin une ombre qui se déplaçait lentement entre les véhicules en stationnement.

Sans doute était-ce un étudiant distrait, mais il marchait maintenant en plein milieu de la chaussée. Elle dut réduire son allure et klaxonner pour signaler sa présence. Il continuait néanmoins sa route comme si de rien n'était. Phoebe klaxonna de nouveau.

You-hou ! On se réveille, ma voiture est bien plus grosse que toi !

Brusquement, la silhouette ralentit. Phoebe dut appuyer de toutes ses forces sur la pédale de frein.

Le temps parut s'arrêter de tourner. Les pneus crissèrent, et Phoebe fut d'abord projetée en avant mais sa ceinture de sécurité la plaqua contre le dossier de son siège.

Oh, non ! Mon Dieu, j'espère que je ne l'ai pas écrasé !

C'était une jeune femme. Elle ressemblait un peu à la jeune fille que Phoebe avait vue dans la bibliothèque, mais elle paraissait bien plus réelle. Elle avait l'air hagard et portait une robe de soirée rose pâle, au bustier serré et aux jupes amples. Elle faisait penser à Grace Kelly.

Mais Phoebe ne put détacher ses yeux de l'énorme tache de sang qui recouvrait le devant de la tenue.

Subitement, elle reprit ses esprits, mit son frein à main, poussa la portière et descendit. Avait-elle renversé cette jeune femme ? Elle n'avait pourtant senti aucune collision.

Phoebe se précipita vers l'avant de la voiture.

Personne. Il n'y avait plus personne.

Elle s'agenouilla pour examiner la carrosserie : pare-chocs, phares, capot – certes, ils méritaient un bon lessivage, mais il n'y avait aucune trace de sang.

Reprenant son souffle, Phoebe remonta dans son véhicule. Elle n'avait donc renversé personne. Tant mieux. Cela dit, elle était certaine d'avoir vu une jeune fille avec une robe pleine de sang.

Il faut que je rentre à la maison. Il faut que j'en parle à Prue et Piper.

Elle était convaincue, à présent, d'avoir réussi à invoquer un spectre ; peut-être aurait-elle mieux fait de s'abstenir.

Oui, vraiment, s'avoua-t-elle en reprenant la route. *J'ai eu tort de me lancer toute seule dans cette aventure.*

Au manoir Halliwell, Prue avait composé un joli bouquet de marguerites qu'elle posa sur la table basse du salon. Elle recula d'un pas pour en admirer l'effet dans la pièce.

Pas mal, songea-t-elle. Cette fois, elle n'aurait pas besoin d'effeuiller chaque fleur pour savoir où en était sa vie amoureuse. Tout se passait à merveille.

Je suis sur un petit nuage, se dit-elle en s'installant sur le canapé pour lire. Depuis qu'elle avait rencontré Dylan – il y avait à peine deux jours –, sa vision de l'amour s'était transformée. Jamais elle n'avait éprouvé un tel sentiment de bonheur. Jamais elle n'avait été aussi sûre d'elle.

Elle n'avait pas encore eu le temps d'en parler à ses sœurs. Elle était rentrée particulièrement tôt aujourd'hui, dans l'espoir de les saisir au vol. Piper et Phoebe n'allaient sans doute plus tarder.

Prue entendit une voiture se garer dans l'allée et une portière claquer. Elle se leva d'un bond. Elle allait enfin pouvoir partager sa grande nouvelle.

Le temps d'aller à la porte, une seconde voiture était arrivée.

— Vous voilà !… s'écria-t-elle sur le perron.

Phoebe la dévisagea d'un air surpris puis consulta Piper du regard.

— On est en retard ?

— Peu importe ! lança Piper, visiblement impatiente. Les filles, il m'est arrivé une chose merveilleuse.

— Ça ne peut pas attendre un peu ? l'interrompit Phoebe en entrant. J'ai besoin d'aide. Il faut qu'on parle.

— Et moi, il faut absolument que je vous raconte ! insista Prue, tandis que Phoebe et Piper se rendaient au salon.

Elle leur emboîta le pas, et les trois sœurs se mirent à parler en même temps.

— Bon, une seconde ! Silence ! s'écria Prue, avant d'enchaîner, plus posément... De toute évidence, nous avons chacune quelque chose d'important à dire. Si nous ne le faisons pas chacune à notre tour, nous ne nous en sortirons jamais. L'une après l'autre. Comme je suis l'aînée, c'est moi qui vais commencer.

Phoebe leva les yeux au ciel.

— Je savais bien que ça finirait comme ça. C'est toujours moi qui passe en dernier ! marmonna-t-elle.

Elle empoigna Piper et l'entraîna jusqu'au divan. Après l'y avoir poussée, elle s'assit auprès d'elle, les mains croisées sur ses genoux comme une sage écolière.

— Très bien, nous sommes tout ouïe. Même si j'estime que j'aurais dû parler avant toi...

— Vous ne pouvez pas imaginer ce qui m'arrive ! l'interrompit Prue.

Elle marqua une pause théâtrale.

— ... J'ai rencontré un garçon formidable et je crois bien que je suis amoureuse.

— C'est génial ! s'exclama aussitôt Phoebe. Depuis quand ?

Prue ouvrit la bouche pour répondre, mais Piper lui coupa la parole.

— C'est exactement ce que j'allais vous annoncer ! Moi aussi, je suis amoureuse. Quelle coïncidence !

— Doucement, toutes les deux, intervint Phoebe. Deux sœurs amoureuses en même temps ? Auriez-vous par hasard tenté une expérience avec des philtres d'amour ?

— Bien sûr que non ! se défendit Prue. Nous n'avons pas le droit de nous servir des sorts du *Livre des Ombres* pour nos intérêts personnels, Phoebe. Tu le sais aussi bien que moi.

— Très bien, alors allons-y. Qui ? Comment ? Quand ? Où ?

— C'était lors d'une vente aux enchères chez Buckland, déclara Prue. Au début de la semaine, il me semble. Pourtant j'ai l'impression de le connaître depuis toujours. Je n'avais jamais ressenti ça avant. C'est incroyable !

— Je sais exactement ce que tu ressens, renchérit Piper. Parce que, pour moi, c'est la même chose avec Dylan.

Prue écarquilla les yeux de stupeur.

— Qu'est-ce que tu viens de dire ?

— Je sais exactement ce que tu ressens, répéta Piper. J'ai rencontré un type qui s'appelle Dylan – Dylan Thomas. Il joue dans un groupe, les « Nuits de Rêve », qui passe au *P3*. Au début, j'ai cru que c'était une plaisanterie, pour son nom, jusqu'à ce qu'il m'explique que sa mère…

— … étudiante en littérature anglaise, avait passé sa lune de miel au pays de Galles, acheva Prue à sa place.

— Aïe ! maugréa Phoebe entre ses dents. Problème !

— En effet, dit Piper, visiblement surprise… Mais comment es-tu au courant ?

— Parce que c'est moi qui suis amoureuse de Dylan ! s'écria Prue.

— Temps mort ! annonça Phoebe en se levant précipitamment. Vous avez parlé, à présent c'est mon tour. Ensuite, nous déciderons qui a rencontré cet homme idéal la première.

Prue sentit sa colère monter. Comment Phoebe osait-elle parler de ce qui était peut-être la chose la plus importante de sa vie d'une façon aussi désinvolte !

— Je n'apprécie pas ta remarque, Phoebe, siffla-t-elle. Moi qui t'ai toujours soutenue, je mérite un peu plus d'attention de ta part.

— Hé ! protesta Piper. Je l'ai aidée autant que toi.

— Sûrement pas ! C'est moi la plus vieille ! riposta Prue.

— Quel rapport ? rétorqua Piper, frémissante de rage. Tu cherches seulement à détourner la conversation. Ça ne marchera pas. C'est moi qui ai rencontré Dylan la première.

Phoebe se laissa tomber sur le divan et cacha son visage dans ses mains.

— Les filles, ça suffit ! Je n'ai vraiment pas besoin de ça maintenant !

— Quand l'as-tu vu pour la première fois ? demanda Prue à Piper.

Qu'est-ce qui me prend ? s'interrogea-t-elle. *Jamais je n'ai été aussi en colère contre Piper. Je ferais mieux de me calmer.*

Mais chaque fois qu'elle imaginait Dylan et Piper ensemble, Prue voyait rouge.

C'est bien la preuve qu'il compte pour moi. Il est l'homme de ma vie, décida-t-elle. Personne ne l'en priverait. Surtout pas sa sœur.

— J'ai fait sa connaissance au club, lui répondit Piper. Mardi après-midi.

— Trop tard ! s'exclama Prue, triomphante. Je l'ai rencontré mardi matin à la vente aux enchères.

— C'est possible, mais c'est moi qui lui ai parlé la première, s'obstina Piper. Il m'a téléphoné la semaine dernière pour me présenter son groupe. C'est donc moi qui ai eu le premier contact.

— Ça ne compte pas ! C'est moi qui l'ai vu la première.

— Si, ça compte !

— Vous avez bientôt fini, toutes les deux ? hurla Phoebe. Taisez-vous !

Un silence étonné suivit cet éclat.

— Franchement, enchaîna Phoebe… Si vous vous entendiez, l'une comme l'autre ! On croirait deux enfants qui se disputent pour un jouet.

— Tu parles ! railla Prue.
— Ouais, tu parles ! renchérit Piper.
— TAISEZ-VOUS IMMÉDIATEMENT ! tonna Phoebe. Qu'est-ce qui vous prend ? Je suis dans une situation désespérée. J'ai besoin de votre aide. Je vous demande d'oublier quelques instants vos soucis personnels.
Prue dévisagea Piper.
— J'accepte, à condition qu'elle en fasse autant.
— D'accord.
— Entendu, intervint Phoebe avant que ses sœurs ne changent d'avis. Maintenant, asseyez-vous et écoutez-moi deux minutes.
Phoebe résuma rapidement ses mésaventures de la journée dans la bibliothèque du campus et dans le parking.
— Mais qu'est-ce qui t'a pris ? éclata Prue dès qu'elle eut terminé. Tu as essayé d'invoquer un mort sans nous consulter ? Tu n'as pas pensé aux conséquences ?
Piper hocha la tête.
— Ce n'est pas pour t'enfoncer, Phoebe, mais ça ne te ressemble pas du tout.
— Croyez-moi, j'y avais pensé. Bon, je reconnais n'avoir pas été très prudente. C'est pour ça que j'ai besoin de vous maintenant.
— Que veux-tu que nous fassions ? demanda Prue.
— Je crois que la meilleure solution serait de jeter un contre-sort qui me protège du fantôme, ou de le

renvoyer là d'où il vient. Ensuite, j'aimerais bien que vous m'aidiez à enquêter sur les meurtres de Halloween. Je suis convaincue que toute la vérité n'a pas été révélée.

— Bien, concéda Prue en se levant. Finissons-en le plus vite possible.

— Merci. Ton enthousiasme fait plaisir à voir! lança Phoebe, vexée du peu d'entrain de sa sœur.

— Écoute, s'emporta Prue, ce n'est pas moi qui t'ai mise dans le pétrin!

— Allons, Prue, laisse tomber, s'interposa Piper.

Prue pointa le doigt sur elle.

— Je ne suis pas dupe. Je sais pertinemment à quoi tu joues. Tu vas me contredire chaque fois, parce que tu sais que je suis la première à avoir vu Dylan.

— Tu m'agaces! riposta Piper. Ça n'a aucune importance.

Si, au contraire! songea Prue, furieuse. Mais elle préférait en rester là.

— Je monte chercher le *Livre des Ombres*. Je veux aider Phoebe. Il faut qu'elle puisse compter sur au moins l'une de nous.

Piper se leva d'un bond, indignée.

— Qu'est-ce que tu insinues par là?

— À toi de voir, je suis sûre que tu as très bien compris.

Prue tourna les talons et disparut dans l'escalier. En montant au grenier, elle se dit que Dylan aurait approuvé son attitude.

En tant qu'aînée, Prue avait une attitude protectrice envers ses sœurs, mais quand il s'agissait d'amour, c'était chacun pour soi.

Cependant, à mesure qu'elle avançait, la jeune femme se demanda pourquoi, en pensant à Dylan, elle n'arrivait plus à voir son beau visage. Dans sa tête résonnait un rire sarcastique qui lui donnait des frissons dans le dos.

— Bon ! lança Phoebe.

Cela faisait un quart d'heure qu'elle parcourait le *Livre des Ombres*.

— J'ai l'impression que ça devrait marcher, enchaîna-t-elle. Le seul problème, c'est qu'il nous manque quelques ingrédients.

— Lesquels ? voulut savoir Prue, qui s'était plantée devant la fenêtre, à l'autre bout du grenier.

Phoebe frémit :

— Une poignée de terre de la tombe d'un veuf, ramassée à la pleine lune.

— C'est monstrueux ! s'écria Piper. Et puis, la pleine lune, c'était hier. Il va falloir maintenant que tu patientes encore au moins quinze jours.

— Eh bien, il va falloir faire sans. On n'a pas deux semaines devant nous. On a aussi besoin d'un objet appartenant à un être aimé.

— Ce n'est pas difficile ! intervint Prue, l'air satisfait. J'en ai un de Dylan.

— Qu'est-ce que c'est ?

Une lueur menaçante dansa dans les prunelles de Piper.

— Il m'a écrit un mot doux.

— J'aimerais bien voir ça ! railla Piper.

— Pas moi ! s'écria Phoebe en se massant les tempes. Dites, vous allez m'aider, oui ou non ?

— Je vais chercher le mot de Dylan, dit Prue en quittant le grenier.

— S'il existe vraiment, lança Piper en lui emboîtant le pas, je le déchire en mille morceaux.

— Merci, toutes les deux. C'est fou ce que vous m'aidez ! enragea Phoebe.

Elle regarda ses sœurs s'éloigner, perplexe. Que se passait-il dans cette maison ? Qu'allait-elle bien pouvoir faire du fantôme qui la poursuivait ?

Ce soir-là, Phoebe travaillait sur son projet dans l'une des salles d'étude du campus. Elle n'avait pas prévu de rester aussi tard, mais elle en avait assez des chamailleries incessantes entre Prue et Piper.

Phoebe ne comprenait pas les réactions passionnelles de ses sœurs. Le jeu en valait-il la chandelle ? Un homme pouvait-il mériter qu'on se mette dans un état pareil ?

— Salut, Phoebe !

Elle leva les yeux. C'était Brett Weir. Génial. Et un problème de plus à régler ! Elle espérait qu'il avait compris qu'il n'avait aucune chance de la séduire.

Il paraissait embarrassé.

— Coucou ! répondit-elle.

— Tu fais des heures supplémentaires ?

— Oui, tu veux te joindre à moi ?

Aussitôt, le visage de Brett s'éclaira. Il s'empara d'un siège et s'assit à côté d'elle.

— Je suis un peu surpris de te trouver ici, lui confia-t-il.

— Ah ? Pourquoi ?

Il rapprocha légèrement sa chaise. Phoebe se tint sur la défensive.

— Eh bien… Une jolie femme comme toi… J'étais persuadé que tu avais un rendez-vous galant.

Bien sûr, tous les soirs de la semaine ! songea Phoebe, excédée. Soit ce garçon était farouchement obstiné, soit il était incroyablement stupide.

Dans un cas comme dans l'autre, Phoebe allait devoir employer les grands moyens.

— En fait, j'ai un petit ami, mentit-elle.

Cette déclaration ne sembla pas affecter Brett outre mesure. Il se rapprocha d'avantage d'elle.

Cette fois, j'en ai assez ! se dit Phoebe. Elle se leva brusquement et entreprit de ramasser ses affaires, sans chercher à masquer son irritation. Cette soirée était un désastre depuis le début. L'attitude de Brett Weir ne faisait qu'empirer les choses.

Au grand désarroi de Phoebe, Brett se leva aussi. Il poussa de côté le siège de la jeune femme, se planta devant elle et lui barra le passage. Phoebe se retrouvait donc coincée entre lui et la table.

— Je parie que je saurai te faire oublier ton ami, lui susurra-t-il.

Tu ne manques vraiment pas d'air !

Il se pressa contre elle. Phoebe frémit. Un sentiment de peur se mêlait à son exaspération.

La situation devenait franchement embarrassante.

— Brett, cela m'ennuierait beaucoup de te faire mal, mais si tu ne recules pas immédiatement...

Il eut un rire grave et la prit dans ses bras.

— Allons, Phoebe, ne fais pas semblant de résister. Les filles aiment les hommes qui prennent la situation en main. Wendy adorait ça.

C'est possible, mais vois où cela t'a mené, pauvre idiot !

— Que penses-tu de ça !

Elle lui donna un violent coup de genou.

Brett recula. Son visage s'assombrit.

— Tu es folle ! tempêta-t-il. Je voulais juste t'embrasser.

— Tu aurais dû me demander la permission ! riposta-t-elle, furieuse.

Ça lui apprendra à être gentille. Si ses sœurs avaient autant de chance qu'elle, elles feraient mieux de laisser tomber l'homme idéal tout de suite. Vu leur veine en matière de cœur, c'était probablement un sorcier !

— Brett, je vais te le dire une dernière fois. Essaie d'être attentif, parce que j'ai l'impression que tu as du mal à comprendre. Tu... ne... me... plais... pas, dit-elle en détachant chaque mot et en lui martelant la poitrine de son index. Si c'est trop dur à supporter, tu n'as qu'à te trouver un autre projet et une autre partenaire de travail.

Brett la repoussa brutalement et quitta la pièce. Enfin seule, Phoebe se laissa retomber sur sa chaise et se prit le visage dans les mains.

Tout allait de travers, aujourd'hui. Elle venait de vivre l'une des journées les plus détestables de son existence. Le seul point positif, c'était qu'elle serait bientôt finie. Il était bien trop tard pour qu'une autre catastrophe lui tombe dessus.

Elle n'avait plus qu'à rentrer chez elle.

Mais en levant la tête, son sang ne fit qu'un tour.

Devant elle flottait la jeune fille en robe de soirée rose pâle, couverte de sang.

Ce ne pouvait être qu'une des victimes des meurtres de Halloween.

CHAPITRE 6

Le spectre flottait dans les airs devant Phoebe. Les taches de sang tranchaient avec le rose pâle de sa robe.

On aurait dit qu'elle essayait de parler : ses lèvres bougeaient, mais, les oreilles bourdonnantes, Phoebe n'entendait rien. Elle avait l'impression que tous ses muscles se raidissaient. Allait-elle être de nouveau complètement paralysée, comme dans la bibliothèque ?

Soudain, le fantôme descendit vers le sol et s'assit par terre. Ses jupes souillées de sang étalées autour d'elle, la jeune fille se cacha le visage dans ses mains. Phoebe vit ses épaules se soulever, comme si elle sanglotait. Ce détail la rassura un peu, et elle reprit courage.

L'apparition ne lui voulait aucun mal et semblait plutôt avoir besoin d'aide.

Est-ce pour cela qu'elle m'apparaît? songea Phoebe. Si seulement elles parvenaient à communiquer!

Phoebe s'éclaircit la gorge. Elle constata avec soulagement qu'elle pouvait encore parler.

— Qui êtes-vous? demanda-t-elle, d'une voix tremblante.

La jeune fille se redressa brusquement, sa bouche s'entrouvrit. Le cœur de Phoebe se mit à battre plus vite.

— Char... Charlotte, balbutia-t-elle tout bas.

— Charlotte Logan? La meilleure amie de Betty Warren?

La jeune fille hocha la tête.

— Pouvez-vous... Avez-vous envie de me dire quelque chose?

Une fois encore, elle acquiesça.

Le cœur battant à tout rompre, Phoebe sentait qu'elle était sur le point de découvrir la vérité sur les meurtres de Halloween.

— Je vous écoute, l'encouragea-t-elle. Voulez-vous me raconter exactement ce qui s'est passé cette nuit-là?

La figure de Charlotte parut se décomposer, comme si un chagrin insurmontable la submergeait.

— Betty! gémit-elle, les mains sur les yeux.

— Betty...

— C'était mon amie.

— Je sais, déclara Phoebe. Elle était même votre meilleure amie, n'est-ce pas?

Le spectre fut secoué d'un spasme.

— Mais vous n'aimiez pas Ronald Galvez, poursuivit Phoebe.

— Je n'ai jamais voulu que ça finisse de cette façon.

— Je vous crois, assura Phoebe.

Elle n'avait plus du tout peur et éprouvait une grande sympathie pour le fantôme de Charlotte. La pauvre, cela faisait quarante ans qu'elle souffrait ainsi !

— Allez-vous me dire ce qui est arrivé ? Est-ce Ronald Galvez l'assassin ? Est-ce lui qui vous a tuée, ainsi que Betty ?

Une fois de plus, Charlotte enfouit son visage dans ses mains.

— Non.

— Non ? répéta Phoebe, surexcitée.

Elle ne s'était donc pas trompée. Ronald Galvez était innocent ! Mais elle avait besoin de preuves.

— Charlotte, reprit-elle prudemment. Si Ronald n'est pas le coupable, qui est-ce ?

Charlotte frotta une tache de sang sur sa robe. Pendant un long moment, cette action parut l'absorber totalement mais elle finit par reprendre la parole :

— C'est l'homme masqué.

— Quel homme masqué ?

— Je n'en sais rien.

Charlotte semblait faible, perdue.

— Il y avait donc bien quelqu'un d'autre que vous, Betty et Ronald ?

— Vous avez le pouvoir. C'est à vous de voir, répondit Charlotte.

Sur ce, son corps devint transparent, comme s'il avait perdu toute énergie.

— Charlotte ! Attendez ! s'écria Phoebe. Vous ne m'avez pas dit…

Mais il était trop tard. Le spectre s'était volatilisé.

Phoebe se laissa retomber sur sa chaise, épuisée et plus désemparée que jamais. Les meurtres ayant été commis pendant le bal de Halloween, tout le monde était déguisé. Qui pouvait bien être ce mystérieux homme masqué ?

Et que voulait insinuer Charlotte ? « C'est à vous de voir. » *Est-ce qu'elle parle de mes visions ?*

Une seule chose était claire. Ronald Galvez n'avait pas tué Betty et Charlotte. Et c'était à Phoebe de découvrir le coupable. Si elle avait une chance de résoudre le mystère des meurtres de Halloween, elle n'allait certainement pas la laisser passer. Surtout si cela lui permettait – en plus – d'avoir une bonne note.

Piper était au volant de sa voiture, sur la route de Buckland.

Je ne vais pas changer d'avis maintenant. C'est encore ce qu'il y a de mieux à faire.

Il était dix heures et demie du matin et elle savait que Prue prendrait bientôt une pause-café à son travail. À force de rêver à Dylan et de ressasser sa dispute avec Prue, elle n'avait pas fermé l'œil de la nuit.

Piper était pleine de bonnes résolutions. Elle allait prier sa sœur de l'excuser. Elle avait du mal à croire que toutes deux avaient pu se quereller avec une telle violence à propos d'un homme qu'elles venaient à peine, l'une comme l'autre, de rencontrer. Ce n'était pas dans leurs habitudes.

Le fait que je m'intéresse aussi à Dylan a dû bouleverser Prue, se dit Piper en cherchant une place pour se garer. Elle se souvint alors d'avoir surpris sa sœur en train d'effeuiller un bouquet entier de marguerites…

Il fallait être complètement stupide pour ne pas comprendre que Prue avait besoin de soutien. Piper lui avait-elle apporté le sien ? Pas vraiment, non. Bien au contraire. Elles s'étaient chamaillées comme deux gamines. Quelle honte !

Lorsqu'elle pénétra enfin dans le hall de Buckland, Piper souriait, convaincue qu'elles ne tarderaient pas à rire de l'incident de la veille.

Avant tout, la jeune femme tenait à demander pardon à sa sœur, qui en ferait sûrement autant. Ensuite, elles s'offriraient un cappuccino. Avec beaucoup de crème Chantilly.

Après cela, se dit-elle en frappant brièvement à la porte du bureau de Prue, elles se préoccuperaient de ce qui tracassait Phoebe.

— Piper !

Assise à son bureau, l'aînée des Halliwell disparaissait derrière une véritable montagne de papiers.

Elle leva les yeux au ciel.

— T'as vu ça ! C'est la paperasserie pour une vente aux enchères prévue au début du mois prochain.

— Je n'en ai pas pour longtemps, promit Piper. En fait, si je suis venue, c'est parce que je voulais te parler de ce qui s'était passé hier soir.

Prue lui jeta un regard méfiant.

— Quoi, hier soir ?

— Tu sais bien. Au sujet de Dylan.

Piper se tut. Pourquoi était-ce si difficile, tout à coup ? Dans sa voiture, elle s'était sentie parfaitement à l'aise. Elle avait préparé son discours à l'avance. Pourtant, en mentionnant Dylan, Piper sentit la jalousie la gagner.

Pourquoi devrais-je lui demander pardon ? Après tout, c'est moi qui ai parlé à Dylan la première.

— Quoi, Dylan ? marmonna Prue, cette fois franchement sur la défensive.

Piper était furieuse maintenant. Elle ne supportait pas d'entendre Prue prononcer le nom de Dylan. Dans un élan incontrôlable, elle se rua sur le bureau et balaya la pile de documents d'un revers des deux mains.

— Bas les pattes! gronda-t-elle. Je ne plaisante pas, Prue. Il est à moi. Tu ferais mieux de ne pas y toucher.

Prue se leva et toisa sa sœur.

— Tu crois me faire peur? Dylan est l'homme de ma vie et je peux te le prouver.

— Tu parles! railla Piper.

Cependant, son cœur se serra. Et si Prue disait vrai?

Piper croisa les bras et fixa sa sœur d'un regard haineux.

— Tu cherches à me faire peur, c'est tout.

— Et ça marche! constata Prue, pleinement satisfaite.

Piper eut brusquement envie de balancer Prue par la fenêtre.

— Très bien, comment vas-tu me prouver que tu l'intéresses plus que moi?

— Il m'a invitée à son concert samedi soir! annonça Prue, triomphante.

La gorge de Piper se noua.

— Samedi soir? C'est *mon* concert! protesta-t-elle. Il joue au *P3*!

Prue eut un sourire de victoire.

— Exactement. Et ce n'est pas toi qu'il a invitée, c'est moi.

— C'était inutile, Prue. Puisque c'est mon club.

— Ça ne change rien! s'emporta-t-elle. Samedi soir, toi, Dylan et moi serons tous trois au même endroit, au même moment. Il faudra bien qu'il choisisse entre nous deux. Prépare-toi à une grosse déception.

— Non seulement tu te trompes, mais en plus, je te trouve bien prétentieuse ! rétorqua Piper avec une pointe de mépris. Tu me fais pitié, Prue. C'est moi qu'il préférera, que ça te plaise ou non.

Sur ces mots, elle tourna les talons et sortit, la tête haute.

Piper était mal à l'aise à la perspective de se retrouver face à face avec sa sœur et Dylan dans un lieu public. Mais elle n'allait certainement pas montrer ses craintes. Prue y verrait un signe de faiblesse et en profiterait.

— Ma vieille, attends-toi à souffrir samedi ! lança-t-elle en se retournant.

— Va te faire cuire un œuf, Piper !

Piper esquissa un sourire cruel.

— Comme tu voudras.

Puis elle claqua le porte derrière elle.

Eh bien ! songea Piper en regagnant sa voiture. Si la rencontre ne s'était pas du tout déroulée comme prévu, elle avait au moins eu le dernier mot. Avec Prue, cela ne lui arrivait pas souvent.

Piper avait tout le temps de se préparer d'ici samedi. En plus, Dylan et son groupe devaient répéter le soir même au *P3*. Cela lui donnait l'avantage sur sa sœur.

La jeune femme sourit en mettant une poignée de pièces dans le parcmètre. Le moment était venu de penser à elle. On verrait bien qui serait la plus forte ! Elle ne connaissait rien de tel pour se redonner du courage qu'une séance de shopping.

Elle se dirigea vers sa boutique préférée, située par un heureux hasard à quelques mètres seulement de Buckland.

Si Prue s'imaginait que Piper allait se laisser faire sous prétexte que, des trois, c'était elle la plus gentille, elle se trompait.

Phoebe se préparait un bol de céréales tout en feuilletant distraitement le journal. Jugeant qu'elle avait bien mérité une grasse matinée après les événements de la veille, elle s'était levée tard.

Elle écarquilla les yeux en parcourant un titre au bas d'une page : « Les fantômes de Halloween seraient-ils de retour plus tôt que de coutume ? Des rumeurs courent à l'université. »

— Des fantômes ? murmura tout bas Phoebe. Et si c'étaient ceux de Charlotte, Betty et Ronald ?

— C'étaient bien nous, hier soir, à Thayer Hall.

Phoebe faillit lâcher son bol en apercevant le spectre de Charlotte Logan, assis en face d'elle à la table de la cuisine.

— Vous avez vu ? demanda le fantôme.

— Si j'ai vu quoi ? s'étonna Phoebe en s'efforçant de garder son calme.

Elle n'était pas préparée à converser avec un fantôme au petit déjeuner.

— Ce qui s'est passé ce soir-là.

Phoebe repoussa son bol. La robe couverte de sang de Charlotte lui avait coupé l'appétit.

— Je crois que je ferais mieux de vous donner quelques explications, dit Phoebe. Parfois, il m'arrive d'avoir des visions du passé. Mais elles me viennent de façon imprévisible. Et je n'en ai eu aucune depuis que nous nous sommes parlé hier.

Charlotte fixa la table, et Phoebe eut la nette impression qu'elle était déçue.

— Permettez-moi de vous poser une question. Qui était l'homme masqué ?

Charlotte cacha son visage dans ses mains et se mit à sangloter.

— C'est lui qui a tué Betty, n'est-ce pas ? poursuivit Phoebe.

Charlotte acquiesça. Mais peut-être n'était-ce qu'un haussement d'épaules ? Phoebe n'en était pas certaine.

— Il vous a tuée, vous aussi ?

Le fantôme hocha la tête.

— Et Ronald ? Ce n'était pas lui, l'homme masqué, n'est-ce pas ?

Charlotte la dévisagea, le regard clair.

— Non.

— Il y avait donc bien une quatrième personne dans la pièce, murmura Phoebe, songeuse. Et cette personne a poignardé Betty avant de se jeter sur vous. Comment Ronald s'est-il retrouvé avec le couteau dans les mains ?

— Il s'est battu, confia Charlotte. Pour nous sauver la vie.

Les pièces du puzzle s'ordonnaient enfin. Phoebe eut du mal à contenir son excitation.

— Donc, Ronald ne mentait pas. Son esprit hante certainement le campus dans l'espoir d'être innocenté.

— Nous devons tous revenir, déclara le spectre.

— Vous devez tous les trois hanter le campus ?

— Aidez-nous afin que la vérité soit connue de tous, insista Charlotte.

— Comment ? voulut savoir Phoebe. Que voulez-vous que je fasse ?

— Comme cela fut, cela doit recommencer à l'anniversaire de nos morts.

L'estomac de Phoebe se noua d'appréhension.

— Excusez-moi, mais cette soirée de 1958 fut un épouvantable désastre. Je ne tiens pas du tout à ce que les événements se reproduisent.

— Vous devez entrer !

— Entrer où ? Dans Thayer Hall ?

— Non !

Charlotte paraissait de plus en plus désemparée. Quant à Phoebe, elle se sentait de plus en plus frustrée. Pourquoi Charlotte parlait-elle par énigmes ?

— Vous devez entrer !

Phoebe frémit d'horreur. N'était-ce pas ce qu'elle avait réclamé dans son incantation ? Qu'un esprit la « guide vers l'intérieur » ? Mais où ?

Elle rassembla tout son courage.

— Dites-moi comment je dois faire. Je vous en supplie !

— Cette soirée. Il faut qu'elle se répète, pour que vous puissiez voir, pour dévoiler la vérité. Ainsi, nous ne serons plus obligés de revenir.

Phoebe se frotta les yeux, perplexe. Après tout, peut-être que ce que lui demandait le fantôme était envisageable. Le comité des étudiants organisait un bal de Halloween sur le thème des années cinquante, dimanche soir. La musique serait celle de l'époque et, d'après ce qu'elle avait entendu, on cherchait même à en recréer le cadre. Tout serait en place. Sans doute n'était-ce que pure coïncidence, mais Phoebe savait qu'elle devait en profiter.

— Voyons si j'ai bien compris, dit Phoebe. Le soir de Halloween, nous reconstituons le bal au cours duquel Betty et vous avez été assassinées.

L'expression de Charlotte devint presque sereine :

— Tout se déroulera comme dans le passé – sur le plan spirituel. Vous verrez ce qui est arrivé comme vous me voyez en ce moment. Alors, vous parlerez, vous leur direz la vérité. Et nous pourrons enfin reposer en paix.

Phoebe se mit à réfléchir à voix haute.

— Je résume : le soir de Halloween, nous nous rendons sur le lieu des crimes, et moi, j'entre dans le passé, c'est-à-dire que je pénètre la sphère des spectres. Quand j'aurai vu ce qui a réellement eu lieu il y a quarante ans, je ferai en sorte que tout le monde soit au courant, afin que vous puissiez reposer tranquillement pour l'éternité.

Mais elle n'eut pas la confirmation de Charlotte, qui s'était volatilisée. Elle allait devoir s'en tenir à ses propres déductions.

Plus tard cet après-midi-là, à la cafétéria de l'université, Phoebe fixait sa salade de fruits d'un œil morne. Elle ne savait plus quoi penser depuis sa conversation avec le fantôme de Charlotte.

Il n'y avait pas d'obstacle à faire ce que lui avait suggéré le spectre de la jeune fille. Elle irait à la soirée, laisserait les événements se répéter, et assisterait à la scène du meurtre, de manière à pouvoir innocenter Ronald Galvez.

Cela dit, l'aventure n'était pas sans risques. Phoebe pratiquait la sorcellerie depuis suffisamment longtemps pour savoir que les événements qui avaient lieu sur le plan spirituel affectaient le plan humain – parfois de façon irréversible.

Et si les meurtres se reproduisaient ? Si trois autres personnes mouraient ?

Impossible de ne rien tenter, se rassura Phoebe. Les fantômes ne reposeraient jamais en paix. Au contraire, leur situation empirerait. Tout de même, elle serait nettement plus à l'aise si ses sœurs acceptaient d'assister au bal. Encore fallait-il qu'elles prennent le temps de *l'écouter*.

— Phoebe !

C'était Marjorie Yarnell, debout auprès de sa table, une feuille de papier orange entre les mains. Elle avait l'air bouleversé.

— Tu as vu ça ?

Phoebe hocha la tête.

— Évidemment ! C'est affiché partout sur le campus.

Marjorie s'installa en face d'elle et d'un geste nerveux entreprit de ranger les sachets de sucre dans le panier.

— Je… je ne crois pas que ce soit une bonne idée, commença-t-elle. Organiser une soirée au même endroit, à la même date. Je t'en prie, rassure-moi. Promets-moi que tu n'iras pas.

— À vrai dire, j'ai décidé de m'y rendre, répliqua Phoebe. Je me suis même inscrite au comité de décoration.

Charlotte l'ayant encouragée à « voir », Phoebe s'était dit que participer à la mise en place du bal serait un moyen comme un autre de se mettre dans l'ambiance.

Marjorie écarquilla les yeux, effarée.

— Pardon ?

— Samedi… je vais aider à décorer la salle, répondit Phoebe en fixant attentivement Marjorie. Qu'est-ce qu'il y a, Marjorie ? Qu'est-ce qui t'inquiète à ce point ?

— Je trouve absurde de faire ça à Thayer Hall, répondit Marjorie en tripotant nerveusement le bord du panier. C'est même assez macabre. Et terriblement risqué. Il pourrait arriver n'importe quoi.

Sur ce point, tu n'as pas tort, songea Phoebe. Malheureusement, elle ne pouvait pas rapporter à Marjorie son entretien avec Charlotte. Du moins, pas sans révéler qu'elle-même était sorcière. La pauvre Marjorie n'en serait que plus effrayée.

— Nous ne sommes plus en 1958, dit-elle pour la rassurer. Les événements du passé ne peuvent pas se reproduire.

Si seulement je pouvais m'en persuader ! pensa-t-elle.

— Tu as raison, bien sûr, répondit Marjorie, d'une voix étrangement stridente. Mais il existe des crimes… comment les appelle-t-on, déjà, les crimes d'imitation ?

Phoebe haussa les épaules.

— C'est toujours possible, je suppose. Mais je n'y crois guère.

— Et si ce garçon, Galvez, n'était pas le meurtrier ? poursuivit Marjorie. Si le véritable coupable était encore vivant ? Il pourrait même se trouver ici, sur le campus ! Tu sais ce qu'on dit, que le coupable revient toujours sur les lieux du crime.

Curieusement, l'image du professeur Williams vint à l'esprit de Phoebe. Elle se rappela la virulence avec laquelle il lui avait affirmé la culpabilité de Ronald Galvez.

« Croyez-moi », avait-il ajouté.

Le professeur Williams avait-il menti ? Cherchait-il à l'effrayer, avant qu'elle ne découvre les preuves de sa propre culpabilité ? Était-il l'homme masqué ?

Phoebe tressaillit en se rendant compte à quel point Marjorie avait raison. Si le meurtrier était dans les parages, il n'hésiterait peut-être pas à tuer une nouvelle fois.

Marjorie ébaucha un sourire penaud.

— Je crains de m'être laissée entraîner par mon imagination, murmura-t-elle. J'ai vu une émission à la télévision, hier soir, qui parlait de ce genre de crime.

— Ah ! dit Phoebe, vaguement – très vaguement – soulagée.

— En fait, ajouta Marjorie, j'étais venue t'apporter ceci.

Elle fouilla dans sa mallette en cuir.

— Cela pourrait t'aider. J'effectuais des recherches pour un autre cours, quand je suis tombée dessus, au sous-sol de la bibliothèque.

Les battements de cœur de Phoebe s'accélérèrent follement quand elle vit ce que Marjorie lui tendait... l'album de l'année 1958. Celui, justement, que Phoebe n'avait jamais pu trouver !

— C'est formidable ! s'exclama-t-elle, enchantée.

Marjorie eut un sourire mélancolique.

— Je te laisse, ajouta-t-elle en se levant. À la page quarante-neuf, précisa-t-elle, l'air hésitant, il y a une photo de Betty et de Ronald.

Sur ces mots, elle tourna les talons et s'éloigna.

Phoebe ouvrit le livre. Elle avait vu des photos de Ronald et de Betty dans les autres albums, mais aucune ne les montrait ensemble. En tombant sur la page quarante-neuf, Phoebe frémit d'excitation. « Clichés de la vie quotidienne sur le campus », lut-elle, en titre.

C'est parfait. Exactement ce que je cherchais, songea-t-elle.

Il y avait une photo des membres de l'équipe de football en train de faire une pyramide humaine. Une autre montrait les locaux du journal, avec tous les rédacteurs penchés sur leurs machines à écrire. Une autre encore, les pom-pom girls parrainant une vente de pâtisseries au profit d'une œuvre caritative.

En bas, à droite, en noir et blanc, un groupe d'étudiants de dernière année souriait triomphalement en regardant l'objectif. En plein milieu, bras dessus, bras dessous, se tenaient Betty Warren et Ronald Galvez.

Aussitôt, Phoebe ressentit la décharge électrique annonçant une vision. L'espace d'un instant, la photo parut s'éloigner et se brouiller. Puis elle vit Betty et Ronald, tendrement enlacés. Ils étaient dans une pièce avec des guirlandes noires suspendues et des citrouilles. Betty portait une robe longue et une couronne dans les cheveux. Déguisé en pirate, Ronald avait un anneau doré à l'oreille. Quel joli couple. Ils dansaient un slow sur *It's So Easy to Fall in Love.*

Radieuse, Betty levait sur Ronald un regard passionné. La chanson de Buddy Holly s'acheva, une autre suivit. Ronald se pencha pour chuchoter quelque chose à l'oreille de Betty. Elle rougit, hocha la tête, puis tous deux s'éclipsèrent discrètement en se faufilant parmi les autres danseurs.

La vue de Phoebe se troubla et elle revint brutalement à la réalité.

Elle demeura un long moment parfaitement immobile à sa table, le regard rivé sur la photo de Betty et de Ronald.

Dans sa vision, Ronald paraissait sincèrement amoureux et rien dans son comportement ne laissait présager la violence.

Qui était l'auteur de ces meurtres ? se demanda Phoebe. L'idée avancée par Marjorie que le coupable était peut-être encore vivant et prêt à revenir sur le lieu du crime la tracassait.

Il va falloir que Prue et Piper me donnent un coup de main, songea-t-elle. *Nous devons agir ensemble.*

Car, si Phoebe pouvait jouer seule le rôle de témoin, elle aurait besoin de quelqu'un pour surveiller ce qui se passait dans son dos.

CHAPITRE 7

— Allez, les filles ! supplia Phoebe un peu plus tard cet après-midi-là. Je ne vous demande pas de faire la paix. Je veux seulement que vous me donniez un coup de main pour ce sort. C'est vraiment important. J'ai besoin du « Pouvoir des Trois ».

Prue, qui se tenait à l'autre bout du grenier, fusilla Piper des yeux.

— Tu sais bien que je suis toujours prête à te rendre service, Phoebe.

— Ce qui voudrait dire que moi, je ne le suis pas ? riposta Piper, plantée près de la porte.

Phoebe poussa un profond soupir. Elle avait réussi à convaincre ses sœurs de monter dans le grenier, c'était plutôt encourageant. Encore furieuses l'une contre l'autre, elles n'arrivaient cependant pas à rester dans la même pièce sans se chamailler. Tout ça pour un garçon que Phoebe n'avait même jamais vu. Comment s'appelait-il, déjà ? Ah, oui, Dylan. Il suffisait de prononcer ce prénom pour que Prue et Piper se crêpent le chignon.

— Merci, Prue. Merci, Piper, interrompit-elle avant qu'elles n'en profitent pour se disputer à nouveau. Je suis sûre que vous avez toutes les deux envie de m'aider, et je l'apprécie.

Elle s'éloigna du *Livre des Ombres* et tendit les mains devant elle.

— Ce qui me ferait vraiment plaisir, enchaîna-t-elle, c'est qu'on prenne une minute pour jeter un tout petit sort.

— Bien sûr ! lança Piper, d'un ton un peu sec, en venant prendre l'une des mains de Phoebe dans la sienne. Mais arrête de nous traiter comme des gamines ! C'est agaçant à la fin.

Regardez-vous un peu... songea Phoebe. Elle eut la sagesse de tenir sa langue. Il ne lui restait plus qu'à convaincre Prue d'y mettre un peu du sien.

Prue vint se placer de l'autre côté de Phoebe.

— Quel sort as-tu choisi ?

— Je veux forcer des esprits à se matérialiser pour témoigner du passé, expliqua Phoebe. Pour l'instant, le seul spectre avec lequel j'aie pu dialoguer est celui de Charlotte. Ce que j'aimerais, c'est avoir les trois, celui de Betty, celui de Ronald et celui de Charlotte, en même temps. Je pourrais ainsi confronter leurs versions des événements.

— Ça me paraît bien compliqué, marmonna Piper.

— Mais non, c'est très sensé ! protesta Prue.

— Je n'y arriverai pas sans vous en tout cas. C'est une solution de dernière minute, allégua Phoebe, pour couper court à leur discussion.

Qu'est-ce que c'est fatigant de jouer les arbitres à longueur de journée !

— Bien… On s'y met ?

— Quand tu voudras, murmura Piper.

— On y va ! lança Prue.

Phoebe hésita.

— Euh… Vous allez devoir vous tenir la main, au début. Pour consolider la connexion entre nous trois. Vous le savez.

Prue et Piper se renfrognèrent. Aucune d'elles ne bougea. Puis Piper finit par céder :

— Ce n'est pas un problème ! fit-elle en attrapant la main de Prue pour fermer le cercle.

Prue s'exécuta à son tour, mais le cœur n'y était pas.

Le jour où elle ferait enfin connaissance avec Dylan, Phoebe aurait deux mots à lui dire.

Elle prit sa respiration et se concentra.

— Bon ! annonça-t-elle. C'est parti !

— Tu me fais mal ! geignit Piper, avant que Phoebe ne puisse poursuivre.

D'un geste brutal, elle repoussa Prue.

— Je ne peux pas. Elle me serre trop fort.

— Arrête de te plaindre ! gronda Prue. Ce n'est même pas vrai !

Phoebe se demanda combien de temps encore cela allait durer.

— Prue, murmura-t-elle prudemment.

— C'est ça, prends sa défense ! s'écria celle-ci. Puisque vous êtes si proches, vous n'avez pas besoin de moi. Je sens parfaitement quand je gêne.

Elle sortit au pas de charge.

— Merci, Piper.

— Ce n'est pas ma faute si Prue s'est énervée, répondit Piper, suffisamment fort pour que Prue l'entende dans l'escalier. Je n'y suis pour rien, *moi* !

La voix de Prue résonna au loin.

— Attends une seconde ! J'ai parfaitement entendu ! Tu n'as pas le droit de me parler sur ce ton !

Et Piper s'élança derrière sa sœur.

Phoebe se retrouva seule dans le grenier. *Pour le « Pouvoir des Trois », c'est plutôt raté !* songea-t-elle avec dépit.

Dès qu'elle aurait résolu le mystère des meurtres de Halloween, elle se pencherait sur le problème de Prue et de Piper. Elle ne laisserait pas cette rivalité gâcher leur vie de famille !

La jeune femme se frotta les mains en fixant le *Livre des Ombres*. Il ne lui restait plus qu'à prononcer seule l'incantation et à espérer que tout se déroulerait pour le mieux. D'ailleurs, à la réflexion, c'est comme ça qu'elle agissait depuis le début.

Phoebe tendit les bras devant elle, paumes vers le bas, au-dessus du grimoire. Elle récita la formule magique d'une voix douce, harmonieuse. Pendant un temps, il ne se passa absolument rien.

Pour l'amour du ciel, faites que ça bouge ! songea-t-elle.

L'instant d'après, l'air se mit à chatoyer. *J'aime mieux ça*, se dit Phoebe. Bientôt, les fantômes surgiraient devant elle et donneraient les réponses à ses questions.

Une silhouette apparut soudain.

Aïe ! pensa Phoebe. La situation se corsait sérieusement.

En effet, son corps était informe, il était pratiquement impossible de savoir si c'était un homme ou une femme, et le visage était masqué.

Lentement, le fantôme s'approcha de Phoebe, un couteau de boucher à la main.

— Restez où vous êtes, gronda-t-il d'une voix désincarnée qui donna la chair de poule à Phoebe. N'intervenez pas.

— Qui êtes-vous ? demanda-t-elle d'une voix tremblante.

Soudain, elle comprit : c'était lui, l'homme masqué, l'agresseur inconnu dont lui avait parlé Charlotte. Elle était seule dans son grenier en compagnie du meurtrier de Halloween !

Un hurlement lui échappa. Le spectre venait de faire un pas vers elle en brandissant son arme d'un air menaçant. Puis il se rua sur elle pour la poignarder.

Phoebe se jeta vivement de côté, évitant de justesse un coup fatal. La lame accrocha cependant la manche de son chemisier et la déchira tout du long.

Phoebe retint son souffle. L'assaillant n'était peut-être qu'un fantôme, mais son arme était bien réelle.

Elle s'empressa de jeter un sort inversé, qu'elle avait pris la précaution de mémoriser. Le spectre se volatilisa aussitôt.

La voix anxieuse de Piper lui parvint depuis le bas de l'escalier.

— Phoebe ? Est-ce que tout va bien ?

Phoebe avait du mal à recouvrer ses esprits. Elle avait la gorge sèche.

— Oui, oui, Piper !

Ce n'était pas la peine d'expliquer à ses sœurs ce qui venait de se produire. Elles seraient encore capables de se disputer au lieu d'écouter.

Les mains tremblantes, Phoebe verrouilla la porte du grenier et alla se réfugier dans sa chambre. Elle alluma une bougie de méditation et s'installa sur son lit en prenant la position du lotus. Au bout de quelques minutes, elle sentit ses muscles se décontracter. Sa respiration se fit plus ample, les battements de son cœur se calmèrent.

Phoebe savait désormais que Charlotte disait la vérité en affirmant qu'une quatrième personne était présente dans la pièce, le soir du crime. Une personne dont l'identité n'avait jamais été révélée.

Elle avait eu raison d'accepter d'aider Charlotte Logan, malgré les risques énormes que cela supposait. Charlotte, Ronald et Betty méritaient de reposer en paix. Il fallait absolument démasquer le véritable meurtrier de cette tragique soirée de 1958.

Dylan s'était installé à la meilleure table du *Russian Hill Café*. Elle donnait sur le Golden Gate, dont les lumières scintillantes se détachaient comme des étoiles dans la nuit. Il ne prêtait cependant guère attention à la vue et ne comprenait pas pourquoi les mortels se mettaient dans un tel état pour ce genre de spectacle.

Il s'empara du verre de vin blanc qu'il avait commandé, le souleva, en fit tournoyer le contenu. Puis il contempla le liquide.

De minuscules taches de couleur apparurent à la surface du vin, avant de former une image.

Dylan vit Prue Halliwell dans ce qui devait être sa chambre. En chemise de nuit, elle lisait allongée dans son lit.

— Ah, non, non, non, murmura-t-il. Ça ne va pas du tout. Tu ne vas pas gâcher ta soirée comme ça, Prue.

Prue n'arrivait pas à se concentrer sur le roman qu'elle venait de commencer. Dylan et leur rendez-vous du lendemain soir l'obsédaient.

Les yeux fermés, elle imagina la scène au *P3*. Elle arriverait, vêtue d'une nouvelle robe, elle serait magnifique. En comparaison, Piper, qui aurait travaillé toute la soirée, paraîtrait fatiguée et terne.

Dylan n'aurait d'yeux que pour l'aînée des Halliwell. Elle le voyait déjà la prendre dans ses bras…

Cette rêverie se poursuivait encore et encore, mais l'intrusion de Piper la transforma bientôt en un véritable cauchemar.

Prue voyait maintenant sa sœur se diriger droit sur eux et arracher Dylan à son étreinte.

Non! Prue rouvrit les yeux et s'assit brusquement. Pour rien au monde elle n'allait se laisser faire.

On va régler le problème tout de suite, décida-t-elle. La soirée de samedi était trop importante. Elle ne pouvait pas se permettre de prendre des risques. Repoussant sa couette, elle sortit du lit. Elle attrapa une cannette de soda sur sa table de chevet et en but une gorgée. Toutes ces émotions lui donnaient soif.

Elle fonça dans la chambre de Piper mais la trouva vide : sa rivale n'était pas là.

Évidemment! Que je suis bête. Piper était au *P3*. Elle travaillait.

Prue savait qu'elle n'avait pas à être là sans l'autorisation de sa sœur. Mais sa colère balaya ses scrupules. En amour, tous les coups étaient permis. Et elle était prête à tout. À commencer par fouiller dans les affaires de Piper. Elle saurait ainsi si cette dernière avait été chez le coiffeur ou la manucure. À moins que… Son regard tomba sur un sac en plastique posé devant l'armoire… À moins que Piper ne se soit acheté des vêtements ?

Prue se rua vers l'armoire. Il y avait bien une robe neuve. Prue enrageait. C'était précisément la tenue qu'elle avait aperçue dans la vitrine de son magasin préféré, et qu'elle avait eu l'intention de s'offrir. Mais la vendeuse lui avait dit que la robe venait d'être achetée. À présent, elle savait par qui. Cette peste de Piper l'avait devancée !

Prue caressa l'étoffe en « oubliant » qu'elle tenait à la main une cannette de soda et renversa « par mégarde » une longue traînée de liquide marron sur la dentelle blanche.

Elle recula vivement, regrettant sa maladresse, mais éclaboussa au passage toutes les toilettes chics de Piper. Prue tremblait de tous ses membres. Elle s'éloigna à reculons.

Elle fila dans sa chambre, effarée.

Qu'est-ce que j'ai fait ? Je n'avais pas vraiment l'intention d'abîmer cette robe. Ce n'était qu'un accident. Ç'aurait pu arriver à n'importe qui.

Prue posa son soda sur la table de nuit et se laissa tomber sur son lit, la tête entre ses mains.

Que se passait-il ? Elle n'avait pas l'habitude de se comporter ainsi. Ce n'était pas normal. Que lui arrivait-il ?

Mais dès la seconde où elle ferma les yeux, l'image de Dylan s'imposa à elle. La jeune femme sursauta. Tant pis ! Ce qui était fait était fait.

C'était trop tard pour s'apitoyer sur le sort de Piper.

Un sourire aux lèvres, Prue se dirigea vers sa propre armoire. Plus rien ne l'empêcherait d'obtenir ce qu'elle voulait. Demain soir, son rêve deviendrait réalité.

Prue Halliwell serait exactement là où elle avait envie de se trouver : dans les bras de Dylan Thomas.

CHAPITRE 8

Piper jeta un bref coup d'œil sur sa montre en se garant devant le pressing. Il était bientôt dix-sept heures. Il ne lui restait qu'un peu plus d'une heure pour rentrer chez elle, se doucher, se coiffer, se maquiller, puis retourner au *P3* pour accueillir les clients et le groupe de Dylan.

Le seul fait de penser à lui la rendait fébrile. Elle n'avait pas, comme Phoebe, le pouvoir de voir dans l'avenir, mais elle pressentait que la soirée serait... formidable.

Elle chercha dans son sac le reçu de son châle en cachemire écru. Il irait parfaitement avec sa nouvelle robe en dentelle. Ce serait idéal, si Dylan l'invitait à boire un verre ailleurs, après le concert.

— Le voici, Piper ! dit la jeune femme derrière le comptoir, avec un large sourire. Ah ! J'ai quelques affaires appartenant à votre sœur. Vous les emportez pour elle ?

Piper hésita un bref instant. Vu la façon dont Prue se comportait avec elle ces temps-ci, elle n'avait guère envie de lui rendre service. Mais elle ne voulait pas paraître mesquine pour autant.

— Entendu !

— Ça fera donc sept dollars pour votre châle et trente-quatre pour les vêtements de votre sœur.

— Trente-quatre dollars ?

— Euh, oui... Deux pulls, deux tailleurs et une robe.

Piper soupira en ouvrant son porte-monnaie. Il était trop tard pour refuser maintenant, mais cette fois, Prue devrait la rembourser.

— Merci !

— Vous travaillez, ce soir ? lui demanda la vendeuse, alors que Piper passait la porte.

— Oh, oui ! répliqua-t-elle avec un large sourire.

Puis elle ajouta tout bas, juste pour elle : *Mais j'ai aussi l'intention de m'amuser.*

Dans sa chambre d'hôtel, Dylan Thomas rangea soigneusement sa guitare dans son étui en cuir. Puis il se contempla dans la glace. Jean noir, chemise en satin noir, et un long manteau en cuir, qu'il enlèverait cinq minutes avant son entrée en scène. Ce rôle de musicien lui plaisait beaucoup, d'autant que la profession semblait impressionner Prue et Piper Halliwell.

Il consulta sa montre.

— L'heure est venue de prendre des nouvelles de ma chère petite Piper, murmura-t-il. J'espère qu'elle est en train de se préparer pour notre grande soirée.

Au milieu de la pièce trônait un candélabre en argent, surmontée d'une bougie noire. Il y avait sur un plateau une pochette en cuir à portée de main. D'un geste précis, Dylan décrivit un arc de cercle dans les airs, et la bougie s'alluma aussitôt. Ensuite, il prit une pincée de poussière argentée dans la petite bourse et en saupoudra la flamme tout en entonnant à voix basse une incantation en latin.

Il esquissa un sourire de satisfaction, tandis que la poudre demeurait en suspension, formant un anneau autour du feu.

— Ainsi le pouvoir de mon sort sera-t-il intensifié, déclara-t-il. De même que cette flamme est encerclée par la magie, Piper Halliwell sera encerclée par la jalousie. Que cette passion la consume.

— Oh, mon Dieu ! Elle est complètement fichue !

Debout devant son armoire, Piper examinait la robe pour laquelle, la veille, elle avait dépensé une petite fortune.

Le bustier orné de dentelle blanche était tout taché. Et ce n'était pas tout ! Pratiquement toute sa garde-robe avait subi le même sort. Elle n'avait plus rien à se mettre ! Elle claqua la porte de l'armoire et arpenta sa chambre, blême de fureur. Pas besoin d'être un génie pour deviner ce qui s'était passé.

Piper s'était démenée pendant tout l'après-midi pour préparer la venue du groupe de Dylan. Il ne lui était pas venu à l'esprit de vérifier le contenu de son armoire.

À l'origine, son plan était simple : quitter le *P3* suffisamment tôt pour passer au pressing récupérer son châle, revenir à la maison, prendre un bon bain moussant, mettre sa jolie robe et ses plus hauts talons. Bon, d'accord, comme elle avait pris du retard dans les embouteillages, elle n'avait eu le temps que de prendre une douche. Tant pis ! Elle était arrivée chez elle de très bonne humeur, impatiente de regagner le *P3*, où elle conquerrait Dylan.

Un sursaut de colère l'envahit. *Je n'ai pas dit mon dernier mot*, décida-t-elle. Si Prue s'imaginait qu'il suffisait d'abîmer sa robe pour la décourager, elle se trompait.

Elle descendit rapidement chercher les vêtements qu'elle avait rapportés du pressing. Deux tailleurs stricts – non. Un pull chenille rouge à col roulé – non. Un cardigan taupe – non. Et la robe ?

La jeune femme se mit à rire quand elle l'aperçut. La chance était avec elle ! Car elle tenait entre les mains la tenue de soirée préférée de sa sœur. Un fourreau noir. Superbe.

Piper devina sans difficulté les intentions de Prue : elle ferait à Dylan le coup de la « petite robe noire ».

— Navrée, ma vieille, murmura-t-elle. Elle m'ira beaucoup mieux qu'à toi.

Piper remonta dans sa chambre en chantonnant. Elle imaginait d'avance la tête de Prue quand elle irait chercher sa robe préférée au pressing et qu'on lui annoncerait que sa sœur l'avait emportée.

Au fond, ça s'arrange mieux que prévu, songea-t-elle en enfilant le fourreau noir sans le moindre sentiment de culpabilité. Désormais, cette robe lui appartenait. Si Prue voulait la reprendre, il faudrait qu'elle la lui arrache. Piper s'amusa à imaginer la réaction de Dylan, quand il la verrait, et celle de Prue quand elle s'en rendrait compte.

Ça lui apprendra à toucher à mes affaires. Elle se coiffa, puis mit de longues boucles d'oreilles scintillantes. Le sourire aux lèvres, elle retourna dans la salle de bains peaufiner son maquillage.

Sur le chemin du *P3*, Piper tomba une fois de plus dans les embouteillages, mais rien ne pouvait ternir sa bonne humeur. Lorsqu'elle arriva au club, la foule s'y pressait déjà, et elle eut du mal à atteindre l'entrée. Les danseurs avaient envahi la piste, exécutant portés et figures élaborées sur un rythme endiablé.

Je parie que Dylan danse aussi bien qu'il chante, pensa-t-elle en se faufilant parmi les clients. Elle mourait d'impatience de le découvrir par elle-même.

Soudain, elle aperçut Prue, légèrement à l'écart, face à la scène. Elle portait une robe rouge très sexy et tenait dans ses bras un bouquet de roses blanches.

Le sang de Piper ne fit qu'un tour. Une seule personne avait pu offrir ces fleurs à sa sœur… à moins qu'elle ne les ait achetées elle-même, bien sûr. Ce qui, au fond, ne serait guère étonnant.

— Tu ne trouves pas ta tenue un peu vulgaire ? demanda Piper en s'approchant.

L'orchestre avait entamé un slow.

— Le rouge, enchaîna-t-elle. C'est tellement… voyant. À moins que ce ne soit le but recherché : « regardez-moi, regardez-moi » ? ironisa-t-elle.

Prue lui décocha un regard haineux. Si elle était gênée de voir Piper avec sa robe, elle n'en montra rien.

— On s'habille en noir pour les funérailles, répondit-elle d'un ton mielleux. Je suppose que ce sont les tiennes.

— Ha ! lança Piper, agacée de manquer à ce point de repartie. Tu peux toujours rêver !

Prue huma délicatement le parfum de son bouquet.

— Dylan m'a offert ces roses. Elles sont magnifiques, n'est-ce pas ?

Elle les tendit à Piper.

— Vas-y ! Sens !

Piper dut se retenir pour ne pas lui arracher les fleurs et les piétiner sur la piste de danse.

— Ce doit être ton prix de consolation, susurra-t-elle perfidement.

— Cause toujours ! rétorqua Prue.

Tout allait pour le mieux.

De la scène, Dylan avait une vue parfaite sur les deux sœurs Halliwell. Le regard de Prue luisait de colère. Quant à Piper, elle paraissait prête à lui arracher les cheveux.

Il se félicita d'avoir demandé au fleuriste des roses sans épines. Si Piper s'emportait, elle risquait de blesser Prue. Or, Dylan n'y tenait pas du tout.

Si quelqu'un doit faire du mal aux Charmed, songea-t-il, *ce sera moi.*

Il fit signe à ses musiciens, et le groupe entama un rock effréné que les clients du *P3* accueillirent avec des cris de joie. Malgré la foule, Dylan apercevait toujours les sœurs Halliwell, qui continuaient à se disputer à son sujet.

Il soupira d'aise, puis se servit de ses pouvoirs pour estomper les bruits autour de lui et se focaliser sur la discussion entre Prue et Piper.

— Dans ce cas, c'est la guerre, déclara Piper.

— C'est la guerre, répéta Prue.

Elles se serrèrent la main, puis Piper tourna les talons.

Excellent ! pensa Dylan en se remettant en mode d'audition normal. Les choses se déroulaient encore mieux que prévu.

Prue et Piper étaient à couteaux tirés. Il suffirait de peu pour qu'elles basculent, et que leurs pensées assassines se transforment en actes. Si cela continuait comme ça, elles finiraient par s'entre-tuer. Il n'aurait même pas à bouger le petit doigt !

Peut-être était-ce parce qu'elles étaient si proches au départ. Pour une fois, leur complicité allait jouer contre elles. Il ne résista pas à la tentation d'envenimer les choses.

— Place maintenant au romantisme, annonça-t-il à la fin du morceau. Je souhaite dédicacer cette chanson à la jeune femme qui nous a permis d'être parmi vous ce soir, roucoula-t-il dans le micro. Applaudissons la propriétaire du *P3*, mademoiselle Piper Halliwell !

Piper eut un sourire radieux tandis que Prue se renfrognait.

Bientôt, très bientôt, il pourrait finir ce qu'il avait commencé.

— Tu ne l'auras pas ! Il est à moi !

Phoebe sursauta. Qui pouvait-ce bien être ?

— Ne fais pas semblant de m'ignorer, Phoebe, insista la voix, qui se rapprochait. Brett est à moi et je ne te laisserai pas le toucher.

Ça y est, ça recommence ! songea Phoebe en reconnaissant avec un temps de retard la voix stridente de Wendy Chang. *Et devant tout le monde en plus…*

Résignée, elle reposa la guirlande de papier qu'elle était en train d'accrocher et se tourna vers Wendy. Cette dernière avait l'air furieuse. Phoebe se demanda si elle parviendrait à lui faire entendre raison. En tout cas, elle pouvait au moins essayer.

— Écoute, Wendy. Tu n'as pas à t'inquiéter. Je n'en veux pas, de ton Brett.

Wendy plissa les yeux.

— Je t'ai vue cet après-midi, à la boutique de location de déguisements, accusa-t-elle. Tu as choisi la robe lavande. C'est parce que tu penses qu'elle lui plaira, n'est-ce pas ?

— *Quoi ?* s'écria Phoebe, ahurie.

Si elle avait choisi cette tenue, c'était uniquement parce qu'elle correspondait au thème de la soirée. Le bustier ajusté et la jupe gonflante lui rappelaient la tenue que portait Charlotte. Phoebe s'était dit qu'elle chercherait une couronne pour compléter sa panoplie de princesse.

— Ça ne marchera pas, enchaîna Wendy. Quoi que tu fasses, tu ne l'auras pas. Tu n'iras pas au bal de Halloween avec lui. Il est à moi.

D'accord, d'accord, je ne suis pas sourde ! Cette fille était complètement folle.

— Wendy, je t'assure que tu te fais du souci pour rien. Je ne cherche pas à séduire Brett. Je ne vais pas à la soirée avec lui. Il me l'a proposé, mais j'ai refusé.

— Tu penses que je vais te croire !

Phoebe frissonna. Comment allait-elle se sortir de cette situation abracadabrante ? Elle ne connaissait même pas assez les autres membres du comité de décoration pour leur demander d'intervenir.

Soudain, Wendy explosa. Elle se rua sur Phoebe, empoigna une guirlande et la mit en pièces.

— Voilà ce que je te ferai si tu essaies de me le prendre !

— Bon, ça suffit ! s'interposa Stan Morrison.

Étudiant en dernière année, grand et décontracté, Stan était membre du comité organisateur de la fête. Il prit Wendy par le bras.

— Je crois que tu as besoin de respirer un bon coup, lui dit-il avec douceur.

— Je n'ai pas d'ordres à recevoir de toi ! lança-t-elle en le repoussant.

— Très bien, insista-t-il d'une voix ferme. On se calme.

Sur ce, il entraîna Wendy vers la sortie, tout en invitant d'un signe de tête deux camarades à le rejoindre.

— Je t'aurai prévenue ! reprit Wendy, tandis qu'on l'éloignait de force. Bas les pattes, sinon, tu le regretteras !

— Eh bien ! souffla une fille non loin de Phoebe, quand le silence fut revenu. Tu crois qu'elle est droguée ?

Par la jalousie, uniquement, pensa Phoebe. Prue et Piper finiraient-elles ainsi ?

— Je n'en sais rien, murmura-t-elle, j'espère simplement qu'elle a compris.

— À ta place, je n'y compterais pas !

Phoebe tressaillit, puis fit volte-face, horriblement mal à l'aise. Qu'est-ce que c'était que cette manie de la prendre chaque fois par surprise ?

— Pardonne-moi, Phoebe, poursuivit Marjorie Yarnell, devant son air accablé. Je ne voulais pas te faire peur.

— Pas plus que les autres, grommela Phoebe.

Marjorie scruta la salle.

— Toutes ces guirlandes noires. C'est tellement… lugubre.

— Ce sont les mêmes décorations qu'en 1958, annonça fièrement Stan qui était revenu… Nous rééditons un classique.

Il se dirigea vers la chaîne stéréo et mit une cassette d'Elvis Presley. Marjorie saisit Phoebe par le bras et l'attira à l'écart.

— Ce n'est pas une bonne idée, je le répète. Il vaudrait mieux tout arrêter.

— Qu'est-ce qui te fait croire que j'en ai la possibilité ? répliqua Phoebe, en montrant du doigt les autres étudiants. Ce n'est pas moi qui ai lancé ce projet. C'est à eux que tu devrais t'adresser.

La lèvre inférieure de Marjorie trembla.

— Ils me prendront pour une vieille folle. J'ai pensé que… dans la mesure où tu mènes une enquête sur les meurtres de Halloween, tu te rendrais compte du danger.

Phoebe la dévisagea longuement. Elle ne savait toujours pas pourquoi le fait d'effleurer l'épaule de Marjorie avait provoqué sa première vision.

— Qu'en sais-tu ?

— Cette fille, dans notre cours... Celle qui vient de faire un scandale. Comment s'appelle-t-elle ? s'enquit Marjorie.

— Wendy.

— Wendy, oui. Elle est jalouse de toi, n'est-ce pas ?

Phoebe acquiesça, sans trop savoir où cette conversation allait les mener. Marjorie perdait-elle la tête, elle aussi ?

— T'est-il arrivé de penser que...

Marjorie s'interrompit, comme pour réfléchir à la meilleure façon de s'exprimer.

— ... plus je réfléchis à ce drame, reprit-elle, plus je me dis que c'était une histoire de jalousie. Et si quelqu'un avait résolu de séparer Betty et Ronald ?

Phoebe pensa simultanément au fantôme masqué dans le grenier et au professeur Williams. Mais ça ne pouvait être ce dernier, puisqu'il était vivant.

— Tu veux dire, un type qui en aurait voulu à Betty d'aimer Ronald ? suggéra Phoebe.

Marjorie ne réagit pas tout de suite.

— Je ne sais pas, avoua-t-elle enfin. C'est possible. Ou alors, quelqu'un comme Wendy Chang.

— Ce serait une ex-petite amie de Ronald ?

Phoebe frémit. C'était une piste à laquelle elle n'avait pas songé.

Elle était cependant prête à parier que son agresseur – l'homme masqué – était le coupable.

Malheureusement, elle ne pouvait pas communiquer ses soupçons à Marjorie. Car seules Phoebe et Charlotte étaient au courant de l'existence de l'homme masqué. Et Phoebe ne tenait pas à en parler. Pas avant que le bal n'ait eu lieu en tout cas.

Ensuite, si les événements de 1958 se répétaient, comme Charlotte et Phoebe l'espéraient, elle pourrait dire à Marjorie et au monde entier que Ronald Galvez était innocent.

— C'est une théorie intéressante, concéda Phoebe à Marjorie. Mais de là à annuler la soirée, n'exagérons rien. Il ne s'agit pas de reproduire les événements de 1958, ou de manquer de respect envers les morts. Il ne se passera rien de tragique, tu verras. Au contraire, tu seras sans doute agréablement surprise.

— J'espère que tu as raison, murmura Marjorie, plus agitée que jamais. Comme rien ne te fera changer d'avis, je te laisse à tes décorations. Bonne chance, Phoebe.

Là-dessus, Marjorie se détourna et s'en alla.

— Merci ! lui lança Phoebe.

C'était gentil de sa part de lui souhaiter bonne chance. Phoebe avait la sensation qu'elle en aurait besoin.

Marjorie passa la porte, évitant de bousculer la fille qui s'était étonnée du comportement de Wendy.

Celle-ci entra puis, brusquement, s'immobilisa. Le visage blême, elle était au bord de l'évanouissement.

— Pour l'amour du ciel ! s'exclama Phoebe en se précipitant vers elle. Qu'est-ce qu'il y a ?

Wendy Chang avait-elle blessé quelqu'un ?

L'étudiante pointa le doigt par-dessus l'épaule droite de Phoebe. Elle tremblait si fort qu'elle avait du mal à tenir debout. Phoebe fit volte-face. Ses jambes faillirent se dérober sous elle.

Sur le mur devant lequel elle s'était tenue à peine quelques minutes plus tôt figurait une inscription : « *Prenez garde !* »

En lettres rouges, dégoulinantes.

CHAPITRE 9

Dylan adressa un sourire charmeur à une jeune fille qui dansait au pied de la scène, mais sans quitter des yeux les sœurs Halliwell. Le ton semblait avoir monté. D'ici peu, elles se jetteraient l'une sur l'autre.

En effet, Prue s'était mise en « mode sabotage ». Au fil de la soirée, Dylan l'avait vue provoquer divers « accidents », sans gravité, mais terriblement embarrassants. Piper, en tant que propriétaire des lieux, était obligée d'intervenir et, donc, de détourner son attention de Dylan.

Quelques minutes auparavant, Prue avait « sans le faire exprès » bousculé un serveur qui portait un plateau chargé de boissons. Les verres avaient volé, éclaboussant au passage une demi-douzaine de clients. Piper avait dû présenter les excuses de la direction et diriger les manœuvres de nettoyage.

Prue reconnut dans la foule une femme aux cheveux blonds coupés ras, en tailleur blanc. C'était une journaliste. Elle était en compagnie de deux amies.

Je me demande qui c'est, songea Dylan. *De toute évidence, Prue la connaît. Elle se dirige droit sur elle.*

De nouveau, Dylan modifia son audition de façon à se concentrer sur le petit groupe de femmes.

— Qu'en penses-tu, Raina? demandait l'une d'elles. Vas-tu recommander cet endroit dans ton article demain?

La journaliste haussa les épaules.

— Jusqu'ici, tout va bien. On ne peut pas se plaindre: la cuisine est bonne, la musique aussi. Mais j'attends le dessert pour me faire une idée globale.

Ah, le dessert! se dit Dylan. *Celui-ci sera sans doute mémorable.* Un serveur venait vers elles en poussant un petit chariot croulant sous les pâtisseries. Prue le suivait de près.

C'était tellement parfait que Dylan osait à peine suivre la scène.

Il n'en rata pas une miette.

Le serveur entreprit de décrire les différentes spécialités de la maison, sans se rendre compte de la présence de Prue, qui s'était baissée derrière lui pour rajuster la lanière de sa sandale. L'instant d'après, elle se redressait, en cognant son épaule contre le coin du plateau.

Le serveur vit avec horreur sa sélection de gâteaux atterrir directement sur les genoux de la critique.

— Espèce d'imbécile ! hurla Raina. Vous ne pouviez pas faire attention ?

Dylan eut un élan d'admiration pour Prue, qui s'était déjà faufilée à travers la foule. Quel sens de la synchronisation ! Il signala à ses musiciens de jouer un peu moins fort, afin que tout le monde puisse profiter du spectacle.

— Vous allez voir ce que je vais écrire sur cet établissement dans le journal de demain ! s'époumonait Raina. Plus personne ne mettra les pieds ici !

Piper était catastrophée. Dylan exultait.

— Oh non ! protesta Piper en courant vers la table. Je vous en prie, excusez-nous. Je vous rembourserai les frais de nettoyage de votre tailleur et...

Pas mal, songea Dylan. *Mais on pourrait s'amuser encore plus. Voyons un peu...*

— Prue Halliwell ! gronda Piper. Laisse-moi sortir de là immédiatement !

Cause toujours...

— Que veux-tu que je fasse ? répliqua Prue derrière la porte verrouillée des toilettes réservées aux employés du *P3*. La serrure s'est bloquée derrière moi quand j'ai fermé. Je vais essayer de trouver une clé.

Là, Piper ne risquait plus de la gêner pendant un petit moment. Voire un long moment. Le sourire aux lèvres, Prue rejoignit précipitamment la piste de danse, en « oubliant » de chercher un employé muni d'un passe-partout.

Elle y penserait, mais plus tard. Par exemple, dès que Dylan l'aurait invitée à passer le reste de la soirée avec lui. D'ici là, Prue profiterait de l'absence de sa sœur.

Le cœur en fête, Prue se plaça de manière à admirer Dylan en toute discrétion. Il avait une voix magnifique, et on aurait dit qu'il ne chantait que pour elle.

Les choses n'allaient pas si mal. Elle était parvenue à observer Dylan, tout en se débrouillant pour que sa sœur soit occupée ailleurs.

Lorsqu'elle l'avait enfermée dans les toilettes, Piper paraissait fatiguée et à bout de nerfs. Prue, de son côté, était encore fraîche comme une rose.

À la fin du morceau, Dylan salua le public.

— Merci. Merci beaucoup, mesdames et messieurs.

Les applaudissements crépitèrent, s'estompèrent, puis reprirent de plus belle tandis que Dylan présentait ses musiciens.

— Au risque de me répéter, enchaîna-t-il, je tiens à remercier très chaleureusement la propriétaire de ce club, mademoiselle Piper Halliwell. Piper... Venez près de moi !

Prue éprouva un sentiment de culpabilité en se rendant compte que Piper ratait cet instant de gloire pourtant bien mérité. Presque aussitôt, elle chassa cette pensée de son esprit. D'autres groupes viendraient, l'occasion se représenterait, alors qu'il n'existait qu'un seul homme idéal. Le beau, l'unique Dylan Thomas.

— Où est-elle ? Où est Piper ? demanda Dylan, après avoir suggéré au régisseur de balayer la salle avec le projecteur. Attendez... La voici qui arrive !

Non ! se lamenta Prue. *C'est impossible !*

Piper monta sur l'estrade, se plaça aux côtés de Dylan, et salua. Prue crut étouffer de rage.

Comment Piper avait-elle réussi à se libérer ? Il fallait agir, et vite.

Elle atteignit la scène à l'instant précis où Dylan et Piper en descendaient.

— Félicitations ! lança-t-elle à sa sœur, d'un ton faussement enjoué.

Piper lui sourit en glissant le bras sous celui de Dylan.

— Salut, Prue. Ça va ? Tu as l'air bizarre.

— Pas du tout. Mais vous, dit-elle en fixant Dylan... Vous devez être éreinté, après tous ces sets.

— En fait, c'est tout le contraire... répliqua-t-il en tendant la main vers Prue et en la saisissant par le coude.

Dans son dos, Prue gratifia Piper d'un coup d'œil triomphant.

— ... après avoir joué, je me sens plein d'énergie. Surtout quand tout s'est bien passé, comme ce soir.

— Raison de plus pour aller boire un verre ailleurs, murmura Prue en se blottissant contre lui. Dans un lieu tranquille et romantique.

— Quelle bonne idée, Prue !

Les battements de cœur de la jeune femme s'accélérèrent. Elle était à peu près certaine de la suite. Dylan allait l'inviter, et ils poursuivraient la soirée ensemble. Elle imaginait Piper trépigner de jalousie.

— Qu'en dites-vous… Piper ?

Prue eut un frisson, comme s'il venait de lui renverser un seau d'eau sur la tête. Elle avait dû mal entendre. Comment pouvait-il préférer Piper, alors qu'il venait d'accepter sa proposition à elle ?

— Avec plaisir, Dylan. Tu nous excuses, Prue ?

— Mais… tu ne peux pas partir comme ça ! s'écria cette dernière, d'un ton désespéré. C'est ton club. Tu dois être là pour la fermeture, non ?

— Mon assistant s'en chargera.

— Mais…

Elle se tut quand Dylan posa sur elle son magnifique regard bleu.

Était-elle folle ? À quoi jouait-elle ? Qu'elles se disputent au sujet de Dylan à la maison, soit. Mais ici, devant tous ces gens ? Prue comprit qu'insister ne servirait à rien, sinon à se ridiculiser.

— Je vous souhaite une excellente fin de soirée, dit-elle, en s'étranglant presque sur ces mots.

À sa grande surprise, Dylan effleura sa joue du bout des doigts.

— Je vous vois demain, n'est-ce pas ? murmura-t-il à son oreille.

— Ça dépend un peu de ce qui va se passer tout à l'heure, non ?

Ce n'était pas l'idéal, mais elle s'en contenterait. Si Dylan l'appelait le lendemain, Prue saurait qu'il s'était ennuyé avec Piper, ce qui, au fond, résoudrait le problème. Piper passait la soirée avec lui, mais c'est Prue qu'il choisirait en fin de compte.

En les regardant s'éloigner, la jeune femme ne put s'empêcher de sourire. Vu les scores de Piper en matière de conquêtes masculines ces temps-ci, elle ne risquait pas grand-chose.

— Ça ne vous ennuie pas de traverser la moitié de la ville à pied ? demanda Dylan à Piper.

— Pas du tout !

Ils marchaient bras dessus, bras dessous, comme tous les couples amoureux dans les films romantiques.

— En général, le samedi soir, je reste au club jusqu'à trois heures du matin. C'est agréable de pouvoir s'en échapper, pour une fois.

— L'exercice physique m'aide à revenir sur terre après un concert, lui confia Dylan. Et la nuit est si belle.

Pour une fois – et à San Francisco, c'était rare – le ciel était clair. Jamais Piper n'avait été aussi heureuse.

— Puis-je vous persuader de continuer encore un peu ? s'enquit Dylan, l'air hésitant.

Piper resserra son châle en cachemire autour de ses épaules.

— Où m'emmenez-vous ?

Il lui caressa brièvement la joue.

— On pourrait retourner à mon hôtel ?

Piper frémit de plaisir. Elle l'aurait suivi au bout du monde.

Dylan la préférait à Prue. Il l'avait choisie. En apprenant que Dylan avait invité sa sœur à monter dans sa chambre, Prue serait absolument furieuse.

Piper esquissa un sourire.

— Pourquoi pas ? C'est loin ?

Il secoua la tête.

— Nous pouvons y être en un rien de temps.

Une vingtaine de minutes plus tard, Piper se retrouvait dans le salon d'une suite fastueuse, face à la baie de San Francisco. Cette soirée était parfaite. Comme dans un film d'amour…

Dylan se glissa à ses côtés.

— Je suis si content que vous soyez là, murmura-t-il en pressant les lèvres sur sa nuque.

Piper tressaillit et une de ses boucles d'oreilles s'accrocha dans ses cheveux.

— Aïe !

En voulant la démêler, elle tira malencontreusement sur le peigne qui retenait sa chevelure. Oh zut ! Tout le côté droit de sa coiffure était défait.

— Euh… je ferais mieux de me recoiffer.

— Non, dit Dylan, en lui prenant le poignet. Je vous préfère ainsi, au naturel.

Piper avait bien conscience de ressembler à un épouvantail.

— J'en ai pour une minute, promit-elle.

Elle s'écarta vivement et courut s'enfermer dans la salle de bains.

— Star de cinéma, tu parles ! railla-t-elle en se regardant dans la glace. On dirait un clown !

Elle sortit une brosse de son sac. En se penchant vers le miroir, elle se trouva tout à coup différente. Sa bouche avait pris un pli sévère, presque méchant, et ses yeux exprimaient une certaine froideur.

Elle ôta son bracelet de brillants et le mit dans sa pochette à maquillage. *Qu'est-ce qui m'arrive ?* se demanda-t-elle. *Qu'est-ce que je fabrique ici ?*

Bien sûr, elle avait envie d'être avec Dylan. Du moins le croyait-elle. Seulement ici, loin de lui, elle avait l'impression de se réveiller subitement après un long rêve étrange. Sans Dylan auprès d'elle pour le lui rappeler, elle avait du mal à se souvenir de ce qui l'attirait tant chez lui.

Ce sont mes nerfs qui me jouent des tours, se rassura-t-elle. Dylan comptait énormément pour elle. Forcément. Ne s'était-elle pas fâchée avec sa sœur aînée pour lui ? N'avait-elle pas en prime délaissé sa sœur cadette ?

Piper se massa les tempes, comme pour encourager son cerveau à se remettre au travail.

Phoebe avait essayé de lui dire quelque chose. Elle avait sollicité son aide. Pourtant, Piper était incapable de se souvenir de quoi il s'agissait.

On frappa doucement à la porte.

— Piper ? Ça va ?

— Très bien ! J'arrive tout de suite.

Elle s'aspergea le visage d'eau froide, ravie de se débarrasser de son maquillage. Elle ressentait le besoin urgent de redevenir elle-même.

S'armant de tout son courage, elle passa au salon, où elle entendit un bruit sourd. Dylan brandissait une bouteille de champagne fraîchement débouchée.

— En l'honneur de cette merveilleuse soirée que vous me faites partager.

Piper le regarda remplir deux élégantes flûtes en cristal.

Dylan avait tout prévu, depuis les bougies répandues à travers toute la suite jusqu'au vase rempli de roses rouges sur la table en marbre.

Piper songea à la joie de Prue devant le bouquet de roses blanches que Dylan lui avait offert au *P3*. Rien qu'en pensant à Prue, la colère l'envahit de nouveau.

Elle observa le reflet de Dylan dans la glace, tandis qu'il s'avançait, les deux coupes dans une main.

— À la réussite de cette soirée, susurra-t-il en levant son verre.

Piper l'imita. La première gorgée de champagne lui monta à la tête. Les murs parurent se resserrer autour d'elle. Dylan s'avança d'un pas.

Il va m'embrasser, songea-t-elle avec délices.

À la dernière seconde, elle recula.

— Euh… attendez ! bredouilla-t-elle.

— Attendre ?

Elle hocha la tête en cherchant vainement un prétexte.

— Je… je n'ai rien mangé avant d'aller travailler ce soir, reprit-elle précipitamment. Cette gorgée de champagne m'a donné le tournis et je… j'ai oublié mon bracelet dans la salle de bains.

Elle se rendit compte que ce qu'elle disait n'avait aucun sens, mais elle continua malgré tout :

— Je ferais mieux d'aller le chercher. Je reviens tout de suite.

Dylan l'observa, imperturbable. Il devait la prendre pour une folle.

Piper posa sa flûte sur la table et courut se réfugier dans la salle de bains. Là, les yeux fermés, elle appuya son front contre la glace.

Elle rouvrit les yeux et examina son reflet. Son regard s'était radouci, mais ses lèvres étaient encore pincées. Qu'est-ce qui lui prenait ? Elle sortit son bracelet et le remit à son bras.

Puis, discrètement, elle ouvrit la porte et passa la tête dans l'entrebâillement. Dylan n'était pas visible.

Peut-être était-il allé remplir sa coupe de champagne ? Celle de Piper n'avait pas bougé.

Mais en un clin d'œil, Dylan apparut près de la table, comme par magie. Piper porta une main à sa bouche pour retenir une exclamation.

Cela ne pouvait signifier qu'une seule chose : Dylan Thomas était un sorcier !

Je comprends pourquoi je n'avais pas envie de l'embrasser, songea-t-elle. Heureusement, son instinct était venu à la rescousse.

Sous le regard étonné de Piper, Dylan extirpa une pochette en velours noir de la poche intérieure de sa veste. Il l'ouvrit et versa un peu de poudre rouge vif dans la paume de sa main. Puis il s'empara du verre de Piper et le maintint devant la flamme d'une bougie.

— De nuit ou de jour, le cœur de la *Charmed* m'appartiendra pour l'éternité, murmura-t-il en versant la poudre dans le verre.

Le cœur battant la chamade, la jeune femme vit l'air au-dessus de la coupe chatoyer, passer du blanc au rouge, puis au noir.

C'est donc ainsi qu'il s'y prend ! Il m'a droguée. Je parie qu'il en a fait autant avec Prue ! Il nous manipule !

C'était lui qui les contrôlait, qui les montait l'une contre l'autre depuis le début.

Avec un frisson d'horreur, Piper se dit que le stratagème de Dylan avait bien failli fonctionner.

Piper bouillait de rage.

Elle s'approcha sans bruit, puis leva les mains pour figer le temps.

Le sorcier s'immobilisa comme une statue.

Piper s'empara de son châle et prit la fuite en résistant à la tentation de vider le vase de roses rouges sur la tête de Dylan avant de sortir.

Il comprendrait bien assez vite qu'elle s'était échappée. Elle devait absolument prévenir Prue.

Affalée sur le canapé, Phoebe s'installait confortablement pour regarder le film à la télévision. Quand Prue et Piper se décideraient-elles à rentrer? Ce soir, elle avait particulièrement envie de les voir.

Les événements de l'après-midi l'avaient perturbée. Stan Morrison avait eu beau éponger les mots « Prenez garde ! » sur le mur, Phoebe les gardait gravés dans son esprit. Comment cette inscription était-elle venue là ? Qui l'avait écrite ? Wendy ? À moins que ce ne soit un message de la part du fantôme masqué ?

Quoi qu'il en soit, elle n'avait pas hésité une seconde quand Stan lui avait annoncé qu'elle était libre de partir. Elle était terrifiée à la perspective de la soirée du lendemain. Seul le soutien de Prue et de Piper saurait la calmer.

Dommage qu'elles ne soient pas là.

Un courant d'air glacial traversa le salon. *Ah, non !* songea-t-elle, irritée. Ça n'allait pas recommencer. Le manoir Halliwell était une vieille demeure dont l'installation électrique laissait à désirer. Phoebe alla vérifier le thermostat.

Elle se leva en maugréant, mais resta clouée sur place. Le spectre masqué du grenier se tenait juste derrière le divan. Le contre-sort dont elle s'était servi n'avait servi qu'à décourager l'esprit, pas à le chasser.

— Je vous ai prévenue encore aujourd'hui, chuchota une voix désincarnée qui donna à Phoebe la chair de poule. Je vous ai avertie, mais vous ne m'avez pas écouté. Maintenant, vous allez devoir payer le prix de votre inconscience.

Le fantôme bondit sur elle.

Phoebe eut un mouvement de recul et faillit tomber à la renverse sur la table basse. Mais elle se redressa à temps et se jeta sur le côté. Le couteau qu'il brandissait siffla dans les airs.

Son corps était sans substance, mais la lame était bien réelle. Phoebe ne tenait pas du tout à la recevoir en pleine poitrine.

— Qui êtes-vous ? hurla-t-elle.

— Prenez garde ! rétorqua le spectre. Prenez garde !

Puis il se rua sur elle.

CHAPITRE 10

Phoebe se précipita vers le hall d'entrée. Au même moment la porte s'ouvrit et Piper franchit le seuil.

— Phoebe, Prue, je... Hé ! s'écria la jeune femme.

Instinctivement, elle leva les mains. Le fantôme se figea en pleine course.

Piper le contourna prudemment avant de jeter vers sa sœur un coup d'œil intrigué.

— Un rendez-vous galant qui a mal tourné ?

— Ha ! ha ! railla Phoebe. Très drôle.

Piper frémit en examinant l'arme.

— Qu'est-ce qui se passe ? Qui est ce type ?

— Je ne sais même pas si c'est un homme, répliqua Phoebe. Mais il est dangereux. Quant à ce qui se passe, j'essaie de vous en parler depuis des jours. C'est pour ça que j'avais besoin de ton aide et de celle de Prue.

— D'accord, d'accord. Je te demande pardon, grommela Piper. Raconte-moi tout. Pourquoi ce spectre s'en prend-il à toi ?

— Je pense qu'il ne tient pas à ce que je le dénonce comme étant le coupable des meurtres de Halloween... Combien de temps va-t-il rester ainsi ?

— Je ne sais pas exactement, avoua Piper. Dépêche-toi de finir.

Phoebe lui résuma rapidement l'évolution de son enquête.

— C'est incroyable ! s'exclama Piper. Je comprends que tu aies besoin de nous. Qu'est-ce qu'on fait, on le trucide ?

— C'est tentant, mais je te rappelle que c'est un fantôme. On ne peut pas le tuer. En plus, je vais avoir besoin de lui pour le bal de demain, afin de reconstituer les événements précédant les meurtres.

— Bon, si tu y tiens, murmura Piper, sceptique.

— Cela dit, on pourrait lui interdire l'accès de la maison. Je commence à en avoir assez de ses attaques surprises.

— Très bien, lançons un sort de protection.

Tout à coup, le spectre se remit en mouvement et se rua sur Phoebe.

— Ho ! Pas si vite, camarade ! s'interposa Piper, en l'immobilisant de nouveau. Vite, Phoebe... Prends ma main.

Phoebe s'exécuta, heureuse d'avoir au moins une

de ses sœurs à ses côtés. Si seulement Prue pouvait revenir, tout serait comme avant.

Piper se lança dans une incantation à voix basse, puis Phoebe se joignit à elle, ajoutant son pouvoir au sien.

— « Au royaume de l'obscurité tu retourneras. Hors de ces murs tu t'en iras. Jamais plus ici tu ne m'apparaîtras. Ainsi soit-il. »

Le fantôme se remit à bouger, mais le sort prit effet avant qu'il ne puisse atteindre Phoebe et Piper. Il s'évapora dans un hurlement de rage.

— Pas mal, pour le « Pouvoir des Deux », fit remarquer Piper.

— Attends une seconde, marmonna Phoebe en s'approchant de l'endroit où s'était tenu le fantôme. Il a oublié quelque chose.

Elle s'agenouilla pour ramasser le couteau, qui était tombé par terre dans le couloir. Elle ne s'était pas trompée : l'objet était réel. À présent, elle le tenait entre ses mains.

Une vision s'imposa brutalement.

Phoebe se raidit, tandis que le décor familier du manoir Halliwell s'effaçait. *Où suis-je ?* Soudain, avec un petit sursaut, elle se rendit compte de ce qui arrivait.

Elle se trouvait à l'intérieur de Thayer Hall en 1958, au bal déguisé de Halloween.

Tout semblait si réel, c'était impressionnant. Phoebe n'était plus une simple observatrice. Elle faisait partie de la scène. Des couples en costume dansaient au rythme de « Earth Angel ». Des guirlandes de crépon noir pendaient au plafond, dans les citrouilles découpées vacillaient les flammes des bougies, jetant des ombres lugubres sur les murs. Sur une longue table étaient disposés des gâteaux en forme de potirons et de chats noirs. La pendule marquait vingt-trois heures quarante-cinq.

Phoebe se sentait flotter, comme dans un rêve. Elle traversa la foule. C'est alors qu'elle les vit : le pirate et la princesse. Betty Warren et Ronald Galvez.

Ils ne semblaient pas du tout sur le point de rompre. Tendrement enlacés, ils avaient l'air plus amoureux que jamais. Phoebe s'approcha suffisamment pour entendre la voix de Ronald :

— Sortons d'ici.

Betty acquiesça. Ronald la prit par la main et l'entraîna vers une pièce à l'écart.

Subitement, la scène se brouilla. Phoebe crut un moment que sa vision s'arrêtait là mais lorsqu'elle put voir de nouveau distinctement, elle se rendit compte qu'elle n'avait pas bougé. Betty et Ronald avaient disparu. En revanche, il y avait Charlotte, dans sa robe rose pâle.

Phoebe la vit traverser la salle d'un air décidé, dans la même direction que le jeune couple.

Un instant plus tard, les cris résonnèrent.

Horrifiée, Phoebe vit Betty reparaître dans la salle de bal, le bustier maculé de sang.

— Ronald ! cria-t-elle. Ronald… sauve… Charlotte !

Puis elle s'effondra. L'image s'effaça momentanément, puis se ranima. À présent, Phoebe était sur le lieu des crimes. Charlotte gisait au sol, inanimée. Ronald Galvez se dressait au-dessus d'elle, un couteau à la main.

Phoebe perdit conscience à ce moment-là. Lorsqu'elle reprit ses esprits, elle était chez elle, dans les bras de Piper.

— Qu'as-tu, Phoebe ? fit sa sœur, paniquée. Jamais je ne t'ai vue réagir de cette façon. Tu tremblais comme une feuille, tu hurlais.

— J'ai vu, bredouilla Phoebe. J'ai tout vu, Piper.

— As-tu identifié le coupable ?

Piper l'entraîna vers la cuisine, l'installa sur une chaise avant de faire bouillir de l'eau.

Phoebe secoua la tête.

— Je ne pense pas. J'ai vu ce que tout le monde a raconté par la suite. Pourtant, je suis certaine qu'il y a autre chose. J'aimerais m'adresser au spectre de Charlotte et l'interroger au sujet de l'homme masqué. Pourquoi s'en prend-il à moi ?

Piper mit des sachets de thé dans les tasses.

— Tu veux qu'on l'invoque ensemble ?

Phoebe refusa d'un signe de tête.

— Je l'ai questionnée à plusieurs reprises, mais cela ne sert à rien.

— Très bien, décréta Piper. Il ne nous reste plus qu'à attendre demain soir pour connaître la vérité.

Phoebe lui pressa les mains.

— Je suis heureuse que tu sois là.

— Moi aussi, crois-moi.

La bouilloire siffla, Piper versa l'eau bouillante dans les tasses.

— Il ne nous reste plus qu'à récupérer Prue ! ajouta-t-elle.

— J'aimerais compter sur le « Pouvoir des Trois », au cas où ça tournerait mal, murmura Phoebe.

— Que crains-tu ?

— Je n'en sais rien.

Piper haussa un sourcil.

— Quelque chose te tracasse.

Phoebe acquiesça et but une gorgée avant de poursuivre :

— Dans ma vision, Betty avait exactement le même déguisement que celui que je compte porter demain soir.

— Prue, as-tu écouté un seul mot de ce que j'ai dit ? Tu ne peux pas sortir avec Dylan ! C'est trop dangereux ! Dylan est un sorcier !

Prue jeta sa brosse sur le meuble de la salle de bains.

— Non, je ne t'ai pas écoutée, Piper. Ni au petit déjeuner, ni à midi, et encore moins maintenant.

— Mais…

Prue coupa court à ses mises en garde en lui tournant le dos et en quittant la pièce.

Piper ne savait plus quoi faire. Elle avait tenté toute la journée de la convaincre de ne plus voir Dylan. Autant s'adresser à un mur : Prue refusait obstinément de la croire.

Piper eut un élan d'espoir en apercevant Phoebe dans l'escalier, les bras chargés de sacs.

— Alors ? Tout s'est bien passé ?

— Pas trop mal. J'ai réussi à vous louer des déguisements, mais il ne restait plus rien à ma taille. Je suis condamnée à mettre la robe lavande.

— Qu'as-tu trouvé pour moi ? s'enquit Piper.

Phoebe brandit un costume de chat blanc, accessoirisé d'un collier incrusté d'émeraudes factices.

— C'est un peu vulgaire, je sais, mais…

— Ça me convient parfaitement ! la rassura Piper. Et pour Prue ?

Phoebe sourit.

— Elle va me tuer, fit-elle en montrant la robe et le chapeau pointu de sorcière.

Piper rit aux éclats. Au même moment, Prue apparut en fourreau bleu.

— Ne comptez pas sur moi. Ce soir, je sors avec Dylan.

— Je te répète que c'était un sorcier ! marmonna Piper, excédée.

— Je vois très bien ton petit manège. Tu n'arrives pas à l'avoir, alors tu essaies de me décourager. Ça ne marchera pas, Piper. Tu as laissé passer ta chance. Tant pis pour toi. Je retrouve Dylan dans vingt minutes. N'essaie pas de me faire changer d'avis, ça ne servirait à rien.

— Et moi ? lança Phoebe. J'ai besoin de ton aide au bal de Halloween. C'est important. Je... Si tu n'es pas là, il pourrait y avoir des... des morts.

Prue l'ignora.

— Crois-moi, Piper, poursuivit-elle. Dylan m'appartient, désormais. Il faudra bien que tu l'acceptes.

En entendant ce prénom, un flot de colère envahit Piper. Dylan n'était pas à Prue, et elle le prouverait ! Elle allait... Elle s'efforça de se maîtriser.

C'était absurde. Ce qu'elle ressentait n'avait rien de personnel. C'était le résultat des sorts que lui avait jetés Dylan.

Malheureusement, elle n'avait pas réussi à convaincre Prue. Pourvu que la suite des événements ne tourne pas au drame. De l'avis de Piper, Dylan n'avait qu'un seul dessein : s'accaparer le « Pouvoir des Trois ».

— Ne m'attendez pas ! conclut Prue en descendant l'escalier.

Phoebe dévisagea Piper, l'air nerveux.

— On tente un dernier recours ?

— On n'a pas le choix, fit remarquer Piper d'un ton morose.

Toutes deux se tinrent les mains en chuchotant :

— Lune sur l'eau, change le cours de la marée. Lune sur la terre, change les faces des dés. Pour celle qu'a envoûtée le…

L'exclamation de Prue coupa court à leur incantation.

— Quoi ? Vous osez vous servir de la magie contre moi ? Très bien, dans ce cas…

Elle agita les mains, et Piper et Phoebe furent violemment propulsées en arrière.

Piper atterrit lourdement sur le parquet. Phoebe eut plus de chance, un vieux sofa amortit sa chute. Puis la porte claqua, si fort que toutes les vitres tremblèrent.

— C'est la première fois que j'expérimente les pouvoirs de Prue. Je suis très impressionnée.

— Comme tu dis, grogna Piper en se frottant les fesses.

Phoebe se releva et se dirigea vers la porte d'entrée.

— Je parie que c'est fermé à clé, lui dit Piper.

Phoebe hocha la tête.

Piper s'approcha de la fenêtre. Dans la rue, la voiture de Prue démarrait en trombe. Un sentiment de désarroi la submergea.

— Fais attention, Prue. Je t'en supplie, fais attention.

CHAPITRE 11

Prue n'avait d'yeux que pour Dylan qui l'enlaçait tendrement.

— Vous êtes merveilleuse, murmura-t-il à son oreille.

Un sentiment de bonheur intense envahit Prue. Si seulement Piper pouvait la voir en ce moment, ce serait parfait.

Dylan l'embrassa dans le cou. Il glissa le doigt sous son collier.

— Enlevez-le, ordonna-t-il d'une voix grave. Il me gêne.

Prue s'écarta. Elle éprouvait le besoin de ralentir les choses.

— D'accord. Je reviens tout de suite.

Sans lui accorder le loisir de protester, elle s'enferma dans la salle de bains. Elle décida d'ôter le collier et de défaire ses cheveux.

Son reflet dans la glace l'arrêta. Son visage semblait avoir changé. Une lueur étrange, calculatrice, dansait dans ses yeux. Depuis quand ?

Elle resta complètement immobile pendant quelques secondes, à réfléchir. En fait, ce n'était pas nouveau. Elle était ainsi depuis sa rencontre avec Dylan. Était-ce l'amour qui la transformait à ce point ?

Elle se pencha par-dessus le lavabo pour s'examiner de plus près. Maintenant qu'une porte la séparait de Dylan, elle se sentait plus calme. Elle se rendit subitement compte qu'elle ne l'appréciait pas tant que cela.

Il n'avait pourtant pas changé. Il était toujours aussi beau. *Mais les apparences sont parfois trompeuses*, se rappela-t-elle.

Dylan était séduisant, drôle, charmant, et il avait beaucoup de talent, mais quelque chose chez lui éveillait la méfiance. Peut-être était-ce parce qu'au lieu de l'emmener dîner au restaurant, comme ils en étaient convenus tout d'abord, il l'avait convaincue de le suivre à son hôtel. Il avait prétendu que c'était pour admirer la vue, mais de toute évidence, ce n'était pas ce qui l'intéressait le plus.

Est-ce parce qu'il va trop vite ? se demanda Prue. *De quoi je me plains ? Je voulais me retrouver seule avec lui, non ?*

Malheureusement, à présent, elle regrettait de ne pas être ailleurs, là où il y avait du monde.

— Qu'est-ce qui me prend ? s'interrogea-t-elle tout bas.

L'image que lui renvoyait le miroir ne lui fournit aucune réponse. Elle ferait mieux de rejoindre Dylan.

— Ah, Prue, vous voilà enfin ! susurra-t-il, un verre dans chaque main.

Il lui en offrit un tout en enchaînant :

— J'ai pris la liberté de commander un repas. Ainsi, nous ne serons plus dérangés avant la fin de la soirée. Je vous aurai pour moi tout seul.

Il s'approcha. Malgré elle, Prue eut un mouvement de recul.

Dylan plissa les yeux.

— Ne résistez pas ! gronda-t-il.

Prue tressaillit. De quel droit lui parlait-il sur ce ton ?

Elle recula encore et posa son verre sur la table en marbre.

— Je suis désolée, Dylan, mais je crains de m'être... de m'être trompée à votre sujet, bredouilla-t-elle.

À son immense surprise, Dylan éclata d'un rire sarcastique.

— Oh, oui, Prue. Vous avez en effet commis une erreur fatale. Mais ne vous inquiétez pas...

Il cligna les paupières et se retrouva juste derrière elle.

— ... j'agirai vite.

Prue s'écarta vivement. Oh, non ! Dylan était un sorcier ! Piper avait raison.

— Votre sœur a dû vous mettre en garde, la nargua-t-il. Hélas vous ne l'avez pas crue, n'est-ce pas, Prue ?

Elle voulut lui dire qu'elle ne l'écoutait plus, mais les mots restèrent coincés dans sa gorge.

— Ne vous faites pas de souci, reprit Dylan avec nonchalance. Voyez-vous, ce n'est pas votre faute. J'avais tout planifié. Le seul moyen de m'approprier le « Pouvoir des Trois » *Charmed*, c'était de faire en sorte que vous ne puissiez plus œuvrer ensemble. Diviser pour régner. C'est vieux comme le monde.

Et je suis tombée dans le piège la tête la première ! songea Prue avec dépit. Elle avait mordu à l'hameçon comme un poisson affamé, et était sur le point d'en payer le prix.

— Je ne vous laisserai pas toucher à mes sœurs, déclara-t-elle, résolue à masquer son désespoir.

Dylan rit encore.

— Vous ne pouvez plus m'arrêter, Prue. Vous êtes seule, désormais. Aucune d'elles ne viendra à votre secours, surtout pas Piper. Je m'en suis assuré. C'est avec un immense plaisir que j'ai observé votre rivalité.

— Nous n'avons pas dit notre dernier mot, intervint une voix familière.

Le cœur de Prue fit un bond.

Pris de court, Dylan fit volte-face.

— Piper ? s'exclama-t-il en découvrant un énorme chat blanc.

Piper ôta le masque de son déguisement.

— Vous êtes content de me voir ? railla-t-elle.

— Que faites-vous ici ?

— Rien qui puisse vous plaire.

Dylan poussa un rugissement de rage et lui lança un éclair magique. Elle leva aussitôt les mains. La fulguration se figea en plein milieu de la pièce.

Prue se précipita vers sa sœur.

— Piper ! Pardonne-moi ! la supplia-t-elle.

— Gardez vos échanges à l'eau de rose pour plus tard, leur conseilla Phoebe en surgissant à son tour.

Elle portait une robe de princesse couleur lavande. Prue se promit de leur demander plus tard la raison de ces accoutrements grotesques.

— En attendant, insista Phoebe, prépare-toi à la vengeance.

Prue esquissa un sourire. Elle allait beaucoup s'amuser. Dylan avait réussi quelque chose qu'elle avait toujours cru impossible. Il s'était immiscé entre les sœurs Halliwell. Il ne tarderait pas à le regretter amèrement.

Elle se plaça devant Phoebe et Piper.

— Prête.

Piper défigea le temps. L'éclair fonçait droit sur elles, mais à la toute dernière seconde, Prue leva les bras, paumes vers le plafond, et le renvoya sur Dylan.

Frappé de plein fouet, le sorcier laissa échapper un cri de douleur et de fureur avant de se volatiliser dans un nuage de fumée.

— Facile ! murmura Prue avec soulagement. Grâce à vous deux, bien sûr.

Piper secoua la tête.

— Il était tellement sûr de son charme et de ses pouvoirs qu'il a cru être de taille à nous affronter.

— C'était donc lui, votre homme idéal ? s'exclama Phoebe. La prochaine fois que vous critiquerez *mes* choix, je ne manquerai pas de vous rappeler ce qui vient de se passer.

Toutes trois s'étreignirent affectueusement. Maintenant que Dylan était défait, le sort qu'il avait jeté sur Prue et Piper avait perdu son effet.

— Pardonne-moi, Piper !

— C'est à moi de te présenter mes excuses, Prue. Espérons que cela ne se reproduira plus jamais.

Phoebe se dirigea vers la porte.

— Venez, vous deux ! On a un mystère à résoudre et un assassin à démasquer.

— Eh bien ! souffla Prue tandis qu'elles quittaient la suite. J'ai dû louper un épisode…

— Ne t'inquiète pas, la rassura Piper en lui serrant brièvement l'épaule. Tu vas conduire. Phoebe et moi t'expliquerons tout. Ensuite, tu mettras ton déguisement.

— Entendu. Dites-moi simplement où nous allons.

— Au campus universitaire, répondit Phoebe. Plus précisément à Thayer Hall, fêter Halloween.

Moins d'une heure plus tard, les trois sœurs pénétraient dans l'immense salle de bal.

— C'est incroyable ! murmura Phoebe.

Bien qu'elle eût donné un coup de main pour la décoration, elle ne s'était pas préparée à l'effet que produirait l'ensemble. Il correspondait précisément à celui de sa vision.

Trop précisément, songea-t-elle en frémissant.

— Mademoiselle Halliwell ! Je suis certain que cette soirée va faire avancer vos recherches.

C'était le professeur Hagin. Phoebe faillit s'étrangler en voyant le costume qu'il avait choisi.

Il s'était déguisé en boîte à craies.

— C'est tout à fait remarquable, enchaîna-t-il. D'après mes recherches, cette salle est décorée exactement comme au soir de Halloween de 1958. De surcroît, je constate que vous et M. Weir êtes habillés comme Betty et Ronald. C'est une reconstitution historique exceptionnelle. Je vous félicite tous les deux.

Puis il se tourna pour serrer la main de Stan qui venait le saluer. Phoebe resta seule, en état de choc.

— Qu'est-ce que tu as ? lui demanda Piper.

Phoebe hocha la tête.

— Je savais que ma robe ressemblait à celle de Betty, mais je ne me doutais pas un seul instant que

Brett se présenterait habillé comme Ronald. C'est louche.

Prue parut perplexe.

— Qui est Brett?

— C'est lui, grommela Phoebe en désignant le pirate qui se tenait près du punch.

Elle alla à sa rencontre.

— Tu l'as fait exprès? s'écria-t-elle. Savais-tu que le soir des meurtres, Ronald était déguisé en pirate?

— Pas avant que Hagin ne me le dise, il y a quelques minutes, répondit Brett d'un ton morose.

Phoebe l'avait aperçu en cours, mais ne lui avait plus adressé la parole depuis leur dernière entrevue.

— Je m'y suis pris un peu tard, expliqua-t-il, et c'est tout ce qui restait quand je suis allé au magasin. Je ne comprends pas ce qui te tracasse, Phoebe. Hagin est tellement impressionné qu'on est pratiquement sûrs d'avoir une bonne note. Au fait, qu'est-ce qui t'a poussée à choisir cette robe?

— Sur le moment, avoua Phoebe, ça m'a semblé judicieux. Ensuite, quand j'ai voulu l'échanger, il n'y avait plus rien à ma taille.

De nouveau, elle eut un frisson de terreur. Ce genre de coïncidence l'inquiétait.

Elle avait accepté d'aider Charlotte, d'assister à la soirée de façon à constater ce qui s'était passé en 1958. Mais de là à jouer le rôle de Betty...

À vrai dire, le fait d'avoir la même tenue que la principale victime lui donnait la chair de poule.

— Bonsoir, je suis Brett Weir, susurra le jeune homme à Piper.

Ah, non! songea Phoebe aussitôt. *Il ne va pas remettre ça.*

— Ce sont mes sœurs, intervint-elle précipitamment en les prenant l'une et l'autre par le bras. Si tu veux bien nous excuser, Brett...

Elle entraîna Piper et Prue à l'écart.

— Doucement ! protesta la première. Mon bras pourrait encore me servir, tu sais.

— Excuse-moi, répondit Phoebe en la relâchant. Je ne tenais pas à rester avec cet imbécile plus longtemps. Nous avons mieux à faire.

Prue jeta un coup d'œil par-dessus son épaule.

— C'est ton coéquipier pour le projet ?

Phoebe acquiesça.

— Il va falloir qu'on discute de tes goûts en matière d'hommes, déclara Prue le plus sérieusement du monde.

Piper eut un petit rire. Phoebe leva les yeux au ciel.

— Les filles, s'il vous plaît ! Après Dylan, vous êtes mal placées pour me critiquer.

Prue l'embrassa sur la joue.

— On te taquine.

Phoebe grimaça.

— Quel est ton plan ? voulut savoir Piper.

— Voilà... Vous n'êtes encore jamais venues ici, je crois ? Bon... Vous allez commencer par vous mêler à la foule, à vous familiariser avec le terrain. Comme ça, s'il se passe quoi que ce soit d'inattendu, vous saurez par où vous enfuir ou aller chercher de l'aide.

— Très bien, approuva Piper. On pourrait peut-être se retrouver devant le buffet d'ici... combien de temps ?

— Un quart d'heure ? proposa Prue. Je pense que nous aurons vite fait l'état des lieux. Et j'ai la drôle impression qu'on a intérêt à rester ensemble le plus possible.

— Moi aussi ! convint Phoebe. Entendu. Rendez-vous dans quinze minutes.

Elle regarda ses sœurs s'éloigner.

— Oh, la belle sorcière ! s'écria un garçon déguisé en pieuvre qui tentait d'enlacer Prue avec ses bras en caoutchouc... Jetez-moi un sort !

Prue s'empara des deux tentacules qu'il avait réussi à poser sur elle et les noua ensemble.

— Ce ne sera pas nécessaire, lança-t-elle en riant.

Phoebe scruta la salle. Sur la piste, les danseurs se trémoussaient sur « Great Balls of Fire ». Elle jeta un coup d'œil sur la pendule. Il n'était que vingt heures. Puis, dans un coin, elle aperçut une jeune femme en robe rose ensanglantée. Charlotte !

Le spectre se faufila dans la foule et vint se planter devant Phoebe.

— Il faut que le passé se reproduise, annonça-t-elle. Vous devez le recréer en modifiant le temps.

Phoebe sursauta.

— Que voulez-vous dire ?

— Vous avez les pouvoirs, continua Charlotte. Pour connaître la vérité, vous devez vous en servir, afin de pénétrer dans la nuit qui fut.

Phoebe réfléchit rapidement. Ses sœurs n'étaient pas loin. Elle n'avait rien à craindre. Pourquoi pas, après tout.

— Très bien, acquiesça-t-elle en se remémorant une incantation qu'elle avait lue dans le *Livre des Ombres*. « Rideau sur le Temps et tout ce que tu voiles, ouvre-toi sur le passé et tous ses secrets dévoile. Passé, montre-toi. Ainsi je le veux, ainsi soit-il. »

Phoebe sentit une sorte de décharge électrique traverser son corps. Stupéfaite, elle consulta la pendule : les aiguilles avancèrent à toute allure pour s'arrêter à vingt-trois heures quarante-cinq… comme dans sa vision. Charlotte se tenait devant elle en souriant. Sa robe était impeccable. Pourtant, Phoebe voyait encore Prue et Piper de l'autre côté de la salle, dans leurs déguisements ridicules. Le sort avait fonctionné. Le passé se répétait, mais au sein du présent.

À cet instant, Phoebe aperçut Marjorie Yarnell. Elle était adossée contre le mur, près de l'entrée. Son visage était blême. La femme vacilla, se rattrapa à la poignée de la porte. Phoebe se précipita vers elle.

— Marjorie ! Qu'est-ce que tu as ?

Comme les doigts de Marjorie se resserraient autour de son bras, Phoebe fut submergée par un flot glacial.

— Phoebe, bredouilla Marjorie. Il faut absolument arrêter ça. Annuler la soirée. Vite, avant qu'il n'y ait un drame. J'ai un mauvais pressentiment... un très mauv...

— Ça va aller, la rassura Phoebe, sans conviction. Essaie de te calmer. Viens par ici, c'est plus calme.

Phoebe mena Marjorie vers une petite pièce attenante où il y avait un divan. Seule la grande salle avait été décorée pour la fête.

Marjorie saisit les mains de Phoebe.

— Je sais que tu me prends pour une vieille folle, mais tu dois m'écouter, Phoebe. Il faut renvoyer les gens chez eux. Le passé... j'ai tellement peur qu'il ne se reproduise !

Phoebe n'eut pas le cœur de lui dire que c'était justement ce qu'elle cherchait à faire. Marjorie était assez terrorisée comme ça. Elle s'était mise à sangloter, et Phoebe la tint contre elle, impuissante. Si elle en avait eu les moyens, elle aurait suivi les conseils de Marjorie et tout annulé. Mais alors Charlotte et les autres spectres qui hantaient Thayer Hall ne connaîtraient jamais le repos. Elle avait promis de les aider.

— Écoute-moi, Marjorie, murmura-t-elle. Il m'est impossible de tout arrêter maintenant. Personne ne comprendrait. Je sais que tu n'es pas folle, et je comprends ton angoisse. Je vais demander à quelqu'un de te ramener chez toi.

— Non ! protesta Marjorie. Ce n'est pas moi, le problème. Quelqu'un d'autre va souffrir.

— Chut ! répondit Phoebe en se levant. Attends-moi ici, je reviens tout de suite.

La jeune femme courut jusqu'à la piste. Elle venait d'avoir une idée. Non seulement Marjorie pourrait regagner sa maison en toute sécurité, mais, en plus, elle se débarrasserait de Brett.

Phoebe le chercha des yeux. En vain. Prue et Piper n'étaient nulle part. Maintenant qu'elle avait besoin de leur soutien, elles disparaissaient !

— Phoebe ! Te voilà ! Où étais-tu passée ?

Elle se retrouva soudainement dans les bras de Brett.

— Ah, justement ! Je te cherchais. J'ai besoin de ton aide.

Brett lui adressa un sourire éclatant.

— Tout ce que tu voudras.

— Marjorie Yarnell est là, et elle est dans tous ses états. J'aimerais que tu la conduises chez elle.

— Plus tard, répliqua-t-il en resserrant son étreinte.

Phoebe se demanda si quelqu'un avait corsé le punch. Elle se débattit, mais Brett ne la lâchait pas.

— C'est gentil de ta part de te soucier de Marjorie, murmura-t-il en la guidant au son de la musique. Mais cela peut bien attendre un peu.

Phoebe se rendit compte avec effroi qu'ils dansaient sur « Earth Angel », la mélodie qu'elle avait entendue dans sa vision. Celle qui avait précédé de peu les meurtres.

Marjorie a raison. Le passé se répète, songea-t-elle. *Avec moi dans le rôle de Betty Warren.*

— Brett, il faut absolument que tu m'écoutes.

— Oh, non ! Plus tard. Cette fois, tu ne m'échapperas pas.

Une sensation de panique s'empara de Phoebe. Était-elle Phoebe Halliwell ou Betty Warren ?

Elle chercha désespérément des yeux Prue et Piper – ainsi que l'homme masqué. Sans succès. Elle avait l'impression d'être à l'intérieur de sa vision, celle qui s'était achevée par un assassinat.

Il y a un tueur dans cette salle, pensa-t-elle. *Mais où ? Et surtout, qui est-il ?*

Betty Warren n'avait pas survécu à ses blessures. Phoebe Halliwell en sortirait-elle vivante ?

CHAPITRE 12

Dès le dernier accord de « Earth Angel », Phoebe décida d'agir et s'arracha à l'étreinte de Brett.

— Marjorie attend dans la pièce à côté, lui rappela-t-elle. Il faut que tu m'aides en la ramenant chez elle.

Brett fit la moue.

— Pourquoi tiens-tu absolument à gâcher une aussi bonne soirée ? Je suis sûr que Marjorie ira très bien dans quelques minutes.

— Non, rétorqua Phoebe. Elle est complètement terrorisée.

— Bon, d'accord ! Si tu y tiens vraiment... Sortons d'ici.

Le sang de Phoebe se glaça. Brett ne venait-il pas de prononcer les mêmes paroles que Ronald à Betty ?

— Il faut que j'aille chercher mon manteau, ajouta Brett.

Il saisit Phoebe par la main et l'attira vers l'une des salles attenantes.

Non ! Il ne faut pas ! pensa Phoebe, paniquée.

Brett avait répété les paroles de Ronald, et à présent, il l'entraînait dans la pièce où Ronald avait mené Betty le soir fatal.

— Brett ! s'exclama-t-elle, le souffle court. Marjorie nous attend de l'autre côté.

Elle tenta de le retenir, mais il continua de foncer, sans tenir compte de son avis.

— Brett ! répéta-t-elle, plus fort, une pointe d'affolement dans la voix.

Elle voulut le repousser.

— Qu'est-ce qui te prend ? C'est quoi, ton problème ? gronda-t-il en s'immobilisant et en lui secouant violemment le bras. Tout ce que je veux, c'est aller chercher mon manteau. Je veux bien te rendre service, Phoebe, mais là, tu exagères.

— Excuse-moi, bafouilla-t-elle. Je suis un peu nerveuse, c'est tout.

Brett repartit vers l'une des pièces du fond, qui tenait lieu de vestiaire.

Tout va bien, se rassura Phoebe, en lui emboîtant le pas… *Il n'y a rien à craindre*.

Le fait qu'ils soient sur le point de pénétrer dans la pièce où avaient eu lieu les crimes quarante ans plus tôt n'était qu'une malheureuse coïncidence. Cela ne voulait pas dire que les événements tragiques de 1958 allaient se reproduire nécessairement.

— J'en ai pour une minute, promit Brett.

Il disparut et se mit à fouiller parmi les vêtements. On avait jeté les manteaux n'importe où, à même le sol. Combien de temps faudrait-il à Brett pour retrouver le sien, dans ce bazar ? Et si l'homme masqué surgissait maintenant ?

Phoebe alla prendre une des chaises alignées le long de la piste et rejoignit Brett. Elle ferma la porte et coinça le dossier du siège sous la poignée.

— Qu'est-ce que tu fabriques ? s'étonna Brett, agacé.

— Je fais en sorte que personne ne puisse entrer, expliqua-t-elle. Tu n'es peut-être pas inquiet, mais en ce qui me concerne, je ne veux prendre aucun risque.

— Comme tu voudras, grommela-t-il.

Il me prend pour une cinglée, songea Phoebe. Il n'avait peut-être pas tort. Cependant, mieux valait prévenir que guérir.

Soudain, le siège se mit à vibrer.

Quelqu'un cherchait à entrer !

La porte s'ouvrit brusquement, projetant la chaise en plein dans la tête de Brett, qui tomba comme une masse, inconscient.

Dans l'embrasure se dressait la jeune fille en robe rose.

Le spectre de Charlotte Logan. Elle avait un couteau à la main.

— Betty Warren ! hurla Charlotte. J'ai attendu ce moment pendant près d'un demi-siècle ! Toutes ces années, j'ai attendu de pouvoir te tuer encore. Et encore. *Et encore !*

Elle fonça sur Phoebe en poussant un cri de haine et en abattant son arme sur elle.

Phoebe esquiva habilement.

— Je ne suis pas Betty ! se défendit-elle. Je suis Phoebe Halliwell. Je suis ici pour vous aider. Vous ne vous en souvenez pas, Charlotte ?

Charlotte Logan se mit à rire.

— Oh, je ne t'ai jamais oubliée, Betty. Je sais combien tu cherchais toujours à te rendre utile. À rendre service à cette pauvre Charlotte, qui était trop moche et trop timide pour se faire inviter par un garçon.

De nouveau, elle leva le bras.

— Tu pouvais avoir tous ceux que tu voulais ! explosa-t-elle. Pourquoi as-tu choisi le seul garçon que j'aie jamais aimé ?

C'est donc cela ! songea Phoebe.

Marjorie Yarnell avait raison. C'était bien la jalousie qui avait poussé Charlotte au meurtre ! Mais Charlotte n'en voulait pas à Ronald. C'était Betty qu'elle enviait. Les deux meilleures amies étaient tombées amoureuses du même garçon et cela leur avait coûté la vie.

— Je ne te pardonnerai jamais ! Jamais ! déclara Charlotte en avançant vers Phoebe. Je t'en ai voulu à mort de me l'avoir pris. Je ne pouvais pas reposer en paix. Jamais je n'ai cessé de souhaiter ta mort.

À mesure que Charlotte avançait, Phoebe reculait. Bientôt, elle serait le dos au mur. Combien de temps lui restait-il avant de tomber sous les coups de Charlotte ?

— Attendez ! s'exclama Phoebe, en désespoir de cause. Et l'homme masqué ?

— Je l'ai inventé, dit Charlotte. Vous vouliez un autre suspect, je vous en ai fourni un, puisque j'avais besoin de vous.

— Non, répliqua Phoebe. Je l'ai vu. J'ai vu son fantôme. Il portait un masque.

Charlotte marqua une hésitation, puis se mit à rire.

— C'est incroyable ! rétorqua-t-elle. Vous avez vu Ronald. Quand il est arrivé au bal, il portait un masque, mais il l'a enlevé tout de suite après.

Phoebe n'y comprenait plus rien.

— Dans ce cas, pourquoi son spectre m'est-il apparu ?

— Sans doute parce qu'il cherchait à vous empêcher d'intervenir, suggéra Charlotte.

Le mystère s'éclaircissait.

— Vous vouliez que je pénètre dans cette sphère sous la forme de Betty, afin de la tuer une deuxième fois. Ronald a donc cherché à me protéger.

— Bravo ! railla Charlotte. Vous n'êtes pas spécialement rapide, mais vous finissez par piger.

Elle brandit son arme.

Phoebe s'écarta, les yeux fixés sur la lame.

Mais son pied se prit dans l'un des manteaux, elle trébucha et tomba à la renverse.

— A-ha ! glapit Charlotte en se jetant sur elle. Enfin, je vais pouvoir prendre ma revanche !

— Je crains que non.

Phoebe poussa un soupir de soulagement à la vue de Prue. Le couteau glissa brusquement des mains de Charlotte et vola à travers la pièce. En se jetant en arrière pour le récupérer, elle fut à son tour projetée dans les airs par une force invisible.

— Laissez ma sœur tranquille ! s'écria Prue.

— Non ! aboya Charlotte. Il faut que je la tue. Il faut que je tue Betty.

Elle bondit alors sur Phoebe comme pour l'étrangler.

— Charlotte ! intervint une voix familière.

Charlotte s'immobilisa. Elle semblait soudainement interdite.

— Betty ? bredouilla-t-elle. C'est impossible ! Tu es morte. Tu es morte cette nuit-là, en 1958. Je le sais. C'est moi qui t'ai assassinée !

— Non, Charlotte, répondit Marjorie Yarnell. Je suis là, devant toi.

Phoebe fut saisie d'un vertige. La solution du mystère était sous son nez depuis le début, et elle n'avait rien vu ! Marjorie Yarnell était Betty.

— Mais comment... bégaya-t-elle.

— Cette nuit-là, j'ai été gravement blessée, expliqua Marjorie. Grâce au ciel, je fus transportée à temps à l'hôpital. Ma famille était suffisamment influente pour que mon identité demeure secrète. Une fois rétablie, je me suis installée très loin d'ici. J'ai même changé de nom, afin que personne ne puisse établir un lien entre moi et ce drame. Je suis devenue Marjorie Yarnell.

Visiblement bouleversée, elle reprit son souffle.

— Je me suis complètement remise de mes blessures, mais la violence des événements a affecté ma mémoire. J'étais incapable de me rappeler ce qui s'était passé.

Pauvre Marjorie ! se dit Phoebe en se levant. Comme elle avait dû souffrir pendant toutes ces années !

— Je suis désolée, murmura Phoebe.

— Ne le sois pas, Phoebe, la rassura Marjorie Yarnell. J'ai toujours su qu'il fallait que j'affronte un jour mon passé. C'est chose faite. Aujourd'hui, je connais enfin la vérité. Je me rappelle tout, de façon très précise. Le fait d'être ici ce soir a ravivé mes souvenirs.

Marjorie pointa le doigt sur le spectre de Charlotte.

— C'était toi ! Tu savais que Ronald et moi devions nous marier en secret cette nuit-là. Tu étais au courant, parce que je m'étais confiée à toi. Tu as toujours été jalouse de notre bonheur.

— Et moi ? s'indigna le fantôme de Charlotte. Est-ce que tu as jamais pensé à moi ? Tu avais tous les garçons à tes pieds ! Mais il a fallu que tu choisisses celui que j'aimais.

— Je ne le savais pas, chuchota Marjorie. Tu ne me l'avais jamais dit.

Charlotte émit un rire amer.

— C'est vrai, j'avais gardé mon secret pour moi. Et je t'ai écoutée, jour après jour, raconter vos projets. Quand tu m'as annoncé que vous alliez vous enfuir pour vous marier, j'ai décidé de vous en empêcher. Je n'espérais plus l'amour de Ronald, mais il n'était pas question que tu l'aies pour toi toute seule.

— Il n'avait pas le droit d'être heureux sans toi, c'est ça ?

— Parfaitement ! lança Charlotte d'un ton triomphant. Quand tu es sortie de cette pièce pour chercher de l'aide, Ronald et moi nous sommes battus pour récupérer le couteau. Dans le feu de l'action, je me suis poignardée, puis j'ai tendu l'arme à Ronald. Il l'avait toujours à la main quand les autres sont arrivés.

— Tu l'as tué ! s'exclama Marjorie. Tu t'es débrouillée pour qu'on l'accuse de ton crime. Tu ne l'as jamais vraiment aimé. Tu n'aimais que toi.

Quand je pense que pendant toutes ces années, je te croyais mon amie.

— Je n'ai jamais été ton amie, Betty. Tu étais naïve, aussi stupide que Phoebe. Moi, je suis intelligente. Suffisamment, en tout cas, pour que personne ne m'ait soupçonnée pendant quarante ans, et vous manipuler tous !

— Je ne sais pas ce qu'il en est pour vous, interrompit Piper, mais moi, j'en ai assez entendu comme ça.

— Veux-tu qu'on la chasse ? proposa Prue à Betty. Nous en avons le pouvoir, tu sais.

— Vraiment ? Oui, volontiers. Ce serait le mieux. Elle a fait souffrir assez de gens comme ça. Il est temps que ça s'arrête.

— Très bien, acquiesça Phoebe.

Les trois sœurs se donnèrent la main, et Prue entonna l'incantation qui bannirait à jamais le spectre de Charlotte. Phoebe et Piper joignirent leurs voix à la sienne.

— Non ! protesta Charlotte en se jetant en avant. Vous n'avez pas le droit !

— Si, si, répliqua Phoebe.

Le fantôme de Charlotte explosa en une pluie d'étincelles brûlantes. Pendant quelques secondes une lumière aveuglante inonda la pièce. Puis il n'y eut plus qu'un tas de cendres.

— Voilà qui est fait ! fit Phoebe.

— Je ne vais pas vous demander comment vous vous y êtes prises, dit Marjorie Yarnell. Sachez simplement que je vous en remercie. J'espère que Charlotte reposera désormais en paix. Je n'ai jamais voulu lui faire du mal. Je croyais être son amie.

— Betty, murmura une voix désincarnée.

Au milieu de la salle, une vague silhouette apparut.

— Incroyable ! souffla Piper, médusée.

— Ronald ? Ronald, c'est toi ?

L'apparition prit corps. Phoebe distingua un jeune homme, qu'elle n'eut aucun mal à reconnaître.

Ronald Galvez portait son déguisement de pirate, un anneau doré scintillant à l'oreille. Il était aussi beau que sur les photos des albums.

— Oui, Betty, c'est moi, répondit-il avec douceur. Il est temps que je m'en aille, moi aussi. Mais je voulais te voir une dernière fois.

Marjorie s'avança vers le spectre de celui qu'elle avait tant aimé.

— Pardon, Ronald. Pardon d'avoir douté de toi, d'avoir cru que tu pouvais être coupable.

— Je ne t'en veux pas, Betty. Tu as été victime de la cruauté de Charlotte. Non seulement elle nous a éloignés l'un de l'autre, mais, en plus, elle t'a fait douter de mon amour pour toi. Je n'ai jamais cessé de t'aimer, pas un seul instant.

Phoebe vit les larmes ruisseler sur les joues de Marjorie. Elle-même réprima un sanglot.

— Je dois des excuses à ton amie Phoebe, ajouta-t-il en se tournant vers cette dernière. Je suis navré d'avoir tenté de vous effrayer, c'était le seul moyen de vous mettre en garde. Je ne pouvais pas permettre à Charlotte de tuer Betty une seconde fois.

Phoebe se rappela l'étrange énergie qui lui avait sauvé la vie dans la bibliothèque.

— C'est vous qui m'avez poussée quand les étagères me tombaient dessus ?

— Je plaide coupable, dit Ronald avec un sourire.

Je comprends pourquoi Betty l'aimait tant, songea Phoebe. Ce garçon n'était pas seulement beau, il avait aussi un cœur pur et généreux.

— Merci, répliqua Phoebe. Nous sommes donc quittes.

— J'en suis heureux, affirma Ronald Galvez. Au fond, je suis content de ne pas avoir réussi à vous décourager. Grâce à vous et à vos sœurs, je vais enfin connaître le repos éternel. Après toutes ces années, me voilà innocenté. Maintenant que Betty connaît la vérité, je pars tranquille.

— Ronald, chuchota Marjorie. Je ne suis pas sûre de supporter de te perdre une seconde fois.

Le fantôme leva une main et effleura presque la joue de Marjorie.

— Tu ne m'as jamais vraiment perdu. Je n'ai jamais cessé de veiller sur toi. Désormais, plus rien ne nous séparera, pas même la mort. Nous finirons par nous retrouver.

Un halo de lumière blanche se forma autour de la silhouette de Ronald.

— Je t'attendrai, Betty.

La lueur s'intensifia, au point que Phoebe dut lever une main pour se protéger les yeux. Lorsqu'elle la rabaissa, Ronald Galvez s'était volatilisé. Marjorie se tenait seule, au milieu de la pièce, tête baissée, les mains croisées sur sa poitrine.

Phoebe s'approcha doucement, passa un bras autour de ses épaules et l'entraîna hors de ce lieu où tous ses rêves s'étaient écroulés. Prue et Piper leur emboîtèrent le pas.

Dans le couloir, Marjorie s'immobilisa brusquement.

— Merci à toutes les trois. Le passé ne me hantera plus, maintenant.

Phoebe l'étreignit affectueusement.

— J'y compte bien. Mais en cas de problème, tu sais à qui t'adresser.

Marjorie esquissa un sourire.

— En effet. J'ai toujours su que tu étais différente, Phoebe. Je ne savais pas à quel point, c'est tout. Si vous voulez bien m'excuser…

Avant que Phoebe, Prue ou Piper ne puissent protester, Marjorie s'éloigna en direction de la piste de danse et s'enfonça dans la foule. Phoebe s'aperçut tout à coup que la fête battait son plein.

— Mon Dieu ! J'ai oublié Brett dans le vestiaire ! s'exclama-t-elle.

Elle y passa la tête. Brett, assis par terre, se frottait le front d'un air penaud.

— Ça va aller, promit Prue.

Phoebe leva la tête et aperçut une jeune femme déguisée en infirmière qui cherchait Brett partout.

— Wendy ne sait à quel point le choix de son costume est approprié, murmura-t-elle en riant. L'une d'entre vous peut-elle lui dire où elle trouvera son ami ?

— Avec plaisir ! assura Piper.

Quelques minutes plus tard, les sœurs Halliwell se frayaient un chemin parmi les danseurs. Phoebe surprit une conversation entre deux étudiantes :

— C'est une histoire horrible. Tu te rends compte, cette Charlotte a tué sa meilleure amie, puis elle s'est arrangée pour que son petit copain soit désigné coupable du meurtre. Elle est morte le même soir, c'est bien fait pour elle !

— Vous avez entendu ça ? demanda Phoebe à ses sœurs. En détruisant Charlotte, nous avons dû modifié les conclusions de l'enquête sur les meurtres de Halloween. Désormais, la vérité est connue de tous.

— Au fond, Ronald et Betty l'ont eue, leur fin heureuse, dit Piper. Ronald est innocenté.

— Oui, et c'est tant mieux... Au fait ! Je me demande si cela va changer ma note ?

— À ta place, je ne m'en soucierais pas, lui conseilla Prue, tandis qu'elles montaient dans leur voiture. Il te reste encore un semestre de cours.

— J'espère que les autres légendes seront moins dangereuses que celle-ci.

Comme Prue démarrait, Phoebe se retourna pour contempler les fenêtres éclairées de Thayer Hall. Sa note, elle s'en fichait un peu : ce qu'elle avait accompli lui paraissait nettement plus important.

— J'ai faim ! annonça Prue. Que diriez-vous d'un sushi ?

— Je connais un nouveau restaurant à Pacific Heights ! dit Phoebe en riant. Si nous nous dépêchons, nous y serons avant le coup de feu.

Si tu aimes

Charmed

Tourne la page
et découvre vite un extrait de
Rituel vaudou

[...]

— Hé ! Regardez ça ! s'exclama Phoebe.

Prue faillit s'étouffer en découvrant derrière le bosquet que sa sœur lui indiquait une ancienne et élégante maison de planteur, avec de hauts piliers blancs, une large véranda sur deux étages, protégée par une balustrade en fer forgé. De magnifiques chênes centenaires recouverts de mousse agrémentaient une majestueuse pelouse, où s'épanouissaient des fleurs exotiques aux couleurs éclatantes.

Phoebe en restait époustouflée.

— C'est incroyable !

— C'est là ! La maison Montague ! s'écria Prue en désignant une pancarte déglinguée peinte à la main.

— Splendide ! s'extasia Piper.

— En effet, ça a de l'allure, reconnut Prue. (Elle coupa le contact et, en ouvrant sa portière, fut immédiatement saisie par la touffeur ambiante.) Eh bien, finalement, la climatisation ne marchait pas si mal que ça ! Qu'est-ce qu'il fait chaud !

— Ne t'en fais pas, je suis certaine qu'il y a la climatisation dans les chambres, dit Piper en sortant les bagages du coffre.

— Phoebe, qu'est-ce que tu en penses ? demanda Prue.

— Ça a l'air… charmant, fit-elle en contemplant l'endroit avec méfiance.

Sans faire de commentaires, Prue prit sa valise et monta les marches de la véranda, suivie de ses sœurs. Elle remarqua le sol recouvert de tomettes rouges, les pots de fleurs suspendus, ainsi que les antiques et pittoresques rocking-chairs en osier vert. L'endroit paraissait tout à fait ravissant. Elle était impatiente de découvrir les chambres, sans aucun doute somptueuses.

Elle tira sur l'épaisse corde qui pendait par un trou percé dans le chambranle de la porte et actionnait une cloche. Un des plus beaux garçons que Prue ait jamais vus ouvrit immédiatement.

Ouah ! Elle en eut presque le souffle coupé !

Épaules carrées et musclées, torse nu, teint hâlé et cheveux décolorés par le soleil, il portait un jean fatigué, retenu par une simple ficelle.

— C'est moi qui l'ai vu la première, murmura Phoebe.

— C'est pas vrai, protesta Piper, lui décochant l'un de ses sourires les plus charmeurs.

— Vous… êtes-vous Kane Montague ? demanda Piper timidement – ce qui ne lui ressemblait guère.

Il éclata de rire.

— Non, je suis Randy Claudel : jardinier et homme à tout faire. Les Montague ont retapé l'endroit, et je leur ai donné un coup de main. Entrez. Kane et Daphné vous attendent dans la bibliothèque.

Prue sourit. Passer une semaine avec un tel homme n'allait pas être désagréable du tout.

Alors qu'elles franchissaient le seuil, les trois sœurs échangèrent un regard qui en disait long : Randy Claudel était tout simplement charmant.

Il les accompagna jusqu'à une double porte-fenêtre. Prue jeta un coup d'œil admiratif à cet environnement enchanteur. Un monumental escalier s'élançait au milieu du hall. Les lattes du parquet brillaient sous leurs pieds. Du sol au plafond, le soleil de l'après-midi entrait à flots par les carreaux des fenêtres encadrées de délicats brocarts vert foncé. Prue nota que les pièces n'étaient meublées qu'avec du mobilier d'époque. De gracieux palmiers en pots étaient disposés dans tous les coins, leurs feuilles bruissant légèrement sous l'effet des ventilateurs fixés au plafond.

— Kane ? Daphné ? Vos hôtes sont arrivées.

— Entrez, dit une voix de femme.

Prue et ses sœurs pénétrèrent dans une pièce spacieuse, aux murs tendus d'un papier peint rouge sur lequel se détachait une bibliothèque ivoire. Des canapés, des chaises, des tables, ainsi que des lampes anciennes l'agrémentaient avec, pour couronner le tout, un imposant bureau en acajou faisant face à une immense fenêtre donnant sur un jardin.

— Mesdames, bonjour. Je suis Kane Montague, dit une voix grave.

Prue fixa son attention sur une stupéfiante toile impressionniste – un original, elle n'en doutait pas – devant laquelle se tenait un homme entre deux âges. Encore plus grand que Randy, mais plus mince, il semblait presque décharné. Il avait les yeux noirs et commençait à se dégarnir.

— Je suis Daphné, intervint son épouse qui se tenait à ses côtés.

C'était une jolie femme menue aux cheveux courts, maquillée avec soin.

Prue fit les présentations.

En sortant de la pièce, Randy leur lança :

— Si vous avez besoin de quoi que ce soit pendant votre séjour, n'hésitez pas à faire appel à moi !

— Il paraît... sympa, nota Phoebe sur un ton gêné.

Daphné Montague éclata de rire.

— Êtes-vous certaine que le terme « sympa » est celui que vous cherchiez ?

Phoebe piqua un fard.

La maîtresse de maison la rassura gentiment :

— Croyez-moi, vous n'êtes pas la première femme parmi nos hôtes à être sensible au charme de Randy.

— Nous n'avons que du thé glacé à vous offrir, dit Kane.

Il parlait avec un accent que Prue reconnut comme étant issu d'un patois local. Elle avait lu dans un guide touristique que ce dialecte était mâtiné d'ancien français, agrémenté de pointes d'espagnol, d'allemand et d'un peu de dialectes africains.

— Il n'y a pas mieux qu'une boisson fraîche lorsque nous subissons la chaleur de l'après-midi, fit remarquer Daphné.

— C'est curieux, s'étonna Prue, il fait meilleur à l'intérieur qu'à l'extérieur, malgré les fenêtres ouvertes. Et vous n'avez même pas l'air conditionné !

— Cette maison a été construite il y a deux siècles, expliqua Daphné. Les murs sont suffisamment épais pour nous préserver de la chaleur. De plus, nous avons installé des ventilateurs dans toutes les chambres.

— Nous essayons de conserver un esprit aussi authentique que possible pour nos hôtes, enchaîna Kane Montague. Mais je suis persuadé que vous trouverez les lieux très confortables. Voulez-vous visiter la maison tout de suite, ou bien préférez-vous boire d'abord votre thé glacé ?

— Thé glacé ! lança Piper. Y ajoutez-vous des feuilles de menthe fraîche ?

Daphné lui sourit en acquiesçant d'un signe de tête.

— Je vais aller demander à Yvonne de nous en préparer. Yvonne est notre gardienne et c'est également elle qui confectionne les repas. Elle est adorable, avec un accent acadien à couper au couteau, auquel il faut s'habituer. (Daphné se dirigea vers la porte de la bibliothèque.) Yvonne ?

— Un accent acadien ? interrogea Phoebe, se tournant vers Prue.

— Ou cajun, si tu préfères, c'est la même chose, lui expliqua sa sœur.

Quelques minutes plus tard, une femme fluette entra dans la pièce. Il était impossible de déterminer son âge. Sa peau sombre et ridée comme celle d'une vieille pomme pouvait aussi bien être le résultat du passage du temps que des effets du soleil. Son regard ténébreux, perçant et inquisiteur, impressionnait.

—Yvonne, les sœurs Halliwell vont être nos hôtes pendant une semaine. Pourriez-vous leur apporter du thé glacé ?

La vieille femme marmonna, puis disparut.

— Qu'a-t-elle dit ? s'enquit Piper.

— Qu'elle était ravie de faire votre connaissance, expliqua Daphné en riant.

— J'aurais pourtant juré avoir entendu quelque chose à propos de charrier le thé, dit Phoebe.

— Non, elle a dit *chère*.

— Cher, comme la chanteuse ? demanda Piper sur un ton perplexe.

Daphné éclata de rire.

— Non, pas vraiment. C-h-è-r-e, épela-t-elle.

—Vous entendrez souvent ce genre d'expression dans la région, enchaîna Kane. C'est une sorte de formule de bienvenue.

Peu après, Yvonne était de retour. Tandis qu'elle tendait de grands verres aux invitées, Prue ne put s'empêcher de regarder ses ongles, longs, courbés et recouverts d'un vernis rouge sang. Elle en frissonna. Pour une raison qu'elle ne pouvait s'expliquer, ils lui faisaient penser à des pinces.

— Bon, qui a eu l'idée de garer la voiture à l'autre bout de la ville ? demanda Piper en soupirant, alors que ses sœurs consultaient un plan de La Nouvelle-Orléans.

— Elle n'est pas si loin, rétorqua Prue. Elle est juste à quelques rues d'ici. Attendez, nous sommes sur Bourbon Street et…

— Non, sur Saint Peter, répondit Piper.

— Et la voiture est dans ce coin.

— Non, elle est de l'autre côté, affirma Phoebe.

Pour éviter d'être bousculée par la foule qui les entourait, Piper s'appuya contre un lampadaire. Elle regarda passer une calèche dans laquelle braillaient des filles habillées de robes à paillettes. Bien qu'il fût plus de minuit, le trottoir était noir de monde.

Une musique entraînante jouée par un orchestre de jazz parvenait d'un bar juste à côté. Piper, qui avait passé les deux heures précédentes à danser, ne pouvait s'empêcher de marquer la mesure.

— Ça y est, affirma Prue, j'ai trouvé. C'est par là.

Piper regarda dans la direction indiquée.

— Tu es sûre ?

— Oui, je sais, c'est un raccourci pour retrouver la voiture. (Elle mit le doigt sur le plan.) Tu vois ?

— Peu importe, dit Piper en le pliant. Allons-y. J'ai terriblement mal aux pieds. Il faut que je m'assoie le plus vite possible.

— Tu allais pourtant très bien quand tous ces types t'invitaient à danser, lui fit remarquer Phoebe en se dirigeant vers une rue étroite.

Piper sourit d'un air entendu.

— Et je suis persuadée que demain soir il n'y paraîtra plus. J'ai dit à ce fameux Peter que nous reviendrions certainement.

— Tu parles du type avec une boucle d'oreille dont le copain est plutôt beau garçon ? questionna Phoebe.

— Beau garçon ? ne put s'empêcher de réagir Prue, tandis qu'elles arrivaient près de la ruelle. Phoebe, tu ne parles pas de ce mec avec des rouflaquettes ?

— Si, si, bien sûr, confirma-t-elle. Il joue dans un groupe qui a fait la première partie des Counting Crows lors de leur dernière tournée.

— Ah bon ? (Piper scrutait l'obscurité.) Eh, les filles, vous croyez vraiment que c'est une bonne idée de passer par là ?

— Arrêtez-vous immédiatement et surtout ne vous retournez pas ! lâcha une voix d'homme derrière elles.

— Piper, je suis à présent totalement convaincue que ce n'était pas une bonne idée, murmura Phoebe tandis qu'elles se figeaient sur place toutes les trois.

Soudain, Piper sentit quelque chose de dur au niveau des reins.

— Mesdames, vos portefeuilles. Il ne vous sera fait aucun mal.

— Pas de problème, répondit Piper en sortant le sien de la poche de son jean et en le tendant derrière elle à l'aveuglette.

Prue, quant à elle, avait commencé à ouvrir son sac à main, mais la voix l'arrêta.

— Non, madame, donnez-le-moi.

— Encore ? grommela Prue. Je commence à en avoir assez qu'on m'appelle madame !

Piper remarqua que Phoebe n'avait pas bougé.

— Eh ! lui dit leur agresseur, où est le fric ?

— Je n'en ai pas, répondit Phoebe.

— C'est vrai, intervint Prue. Elle n'a pas cessé de payer des verres à tout le monde.

— Ouais, confirma Piper, c'est un panier percé, elle est toujours fauchée.

— Ben, voyons… gronda le type.

— Et même si ce n'était pas le cas, je ne vous donnerais rien.

— Phoebe, il a un flingue braqué sur moi ! la coupa Piper en sentant le canon s'enfoncer un peu plus profondément dans son dos.

Elle se pétrifia en entendant le bruit sec du cran de sécurité.

Prue fit alors un rapide demi-tour et tendit ses bras en direction du voyou, qui poussa un cri étrange, avant d'être projeté contre un mur de brique. Il s'écroula sur le pavé en grognant.

— Merci, Prue, dit Phoebe.

— Phoebe, pourquoi lui as-tu dit que tu n'avais pas d'argent ? Il fallait lui donner ce que tu avais sur toi !

— Hors de question. Même en me fouillant, il aurait fait chou blanc.

— Je préfère ne pas savoir où tu l'as planqué, lui répondit Prue. Bon, les filles, on file avant qu'il ne reprenne ses esprits.

— Et cette fois, pas question de prendre un raccourci, ordonna Piper.

Elle jeta un coup d'œil par-dessus son épaule pour vérifier que personne ne les suivait, puis se dirigea vers les lumières de Bourbon Street.

— J'en ai même oublié que j'avais mal aux pieds...

— Oh non ! s'exclama soudain Phoebe en se plantant devant elle.

— Quelque chose ne va pas ? leur demanda Piper.

— La magie. Prue s'est servie de ses pouvoirs. Nous avions pourtant bien décidé d'oublier la sorcellerie pendant nos vacances.

— Phoebe, je n'avais pas le choix, il brandissait un flingue. Je ne pouvais pas agir autrement.

— D'accord, mais tu sais ce qui arrive lorsque nous les utilisons ?

Piper l'approuva.

— Elle a raison. C'est comme ça que les sorcières se font repérer.

— Je suis au courant, mais nous ne pouvons plus rien y faire, soupira Prue. Ce n'est qu'un incident de parcours. Essayons de profiter de nos vacances !

[...]

— Qui est-ce ? lança Phoebe en entendant frapper à la porte de sa chambre le lendemain matin.

Elle était vautrée sur l'édredon lilas qui recouvrait son vieux lit en fer blanc.

— Qui crois-tu que ça puisse être ? lui répondit Prue.

Phoebe se leva pour ouvrir à ses sœurs. Elles étaient déjà habillées : Prue d'une courte robe d'été, tandis que Piper portait un débardeur et un short.

— Tu ressembles à quelqu'un qui vient de tomber de son lit, lui fit remarquer Piper.

— C'est exactement le cas.

Phoebe passa la main dans ses cheveux bruns ondulés, tout en pensant qu'elle avait vraiment besoin de se les faire couper. Elle trouverait certainement un bon coiffeur à La Nouvelle-Orléans, et elle en profiterait pour se donner un nouveau look.

— Allez, habille-toi, dit Prue. Il est bientôt midi.

— Et alors ? Je suis en vacances. En plus, après ce qui s'est passé la nuit dernière, je pensais qu'aujourd'hui nous resterions tranquilles.

— D'accord, nous n'irons pas visiter Garden District comme j'en avais envie, mais cela ne nous empêche pas de nous promener dans la plantation, rétorqua Prue.

— Tu as raté le petit déjeuner, enchaîna Piper. Yvonne nous avait préparé des crêpes à tomber par terre. Randy les a partagées avec nous. On a pourtant essayé de te réveiller…

Phoebe eut un haussement d'épaules.

— Dommage !

Elle s'amusait intérieurement de cette rivalité avec sa sœur. Comment était-il possible que Piper et elle soient toujours attirées par le même type d'hommes ?

Prue promena son regard dans la pièce et lorsqu'elle découvrit son sac à même le sol, elle en fut exaspérée.

— Phoebe, tu n'as toujours pas rangé tes affaires ?

— Pas de panique, chère, rétorqua Phoebe en lui faisant une grimace. J'en ai pour deux secondes.

— Tu peux la croire. Elle n'a pratiquement rien emporté, rappela Piper à Prue.

— Ce n'est pas comme toi qui as pris tout ce que tu possèdes, dit Phoebe en s'habillant.

— Allez, les filles, on y va, coupa Prue. Je veux faire un tour dans le coin.

— Je vais me rafraîchir dans la salle de bains et je vous rejoins en bas, dit Phoebe.

Quelques minutes plus tard, les trois sœurs traversaient la cuisine où un plat mijotait dans une marmite.

— Mmm ! fit Piper en humant le fumet qui s'en dégageait. C'est un mélange de crevettes, de tomates et d'oignons. Ça doit être de la soupe au gombo.

— Goûtons-y, proposa Phoebe.

Son estomac commençait à gargouiller. Piper l'en empêcha.

— Non ! Nous ne sommes pas chez nous.

— Oui, je sais, mais je n'ai encore rien mangé, répliqua Phoebe en plongeant une louche dans la soupe brûlante qu'elle laissa refroidir un instant avant de la déguster.

— Alors ? demanda Piper. C'est bon ?

— Oui, c'est même excellent, annonça Phoebe.

— Parfait, ça suffit. Allons-y, dit Prue impatiemment.

Phoebe remit la louche à sa place, puis reposa le couvercle sur la marmite à contrecœur.

En sortant de la maison, elles se retrouvèrent dans une cour pavée bordée de massifs fleuris, avec, en son centre, une fontaine en marbre. Elles suivirent un chemin tracé à travers les haies. Quelques instants plus tard, elles débouchèrent devant un ensemble de petits bâtiments.

— Ça devait être une cuisine, commenta Prue, en lorgnant par la fenêtre du premier d'entre eux.

Piper jeta un coup d'œil par-dessus son épaule.

— Comment le sais-tu ?

— À cause de la taille de la cheminée. Au temps des premières plantations, les gens avaient pour habitude de préparer les repas loin de l'habitation principale, afin de diminuer les risques d'incendie, mais également à cause de la chaleur insupportable.

— Allez, on y va, murmura Phoebe.

Lorsque Prue commençait à parler histoire, cela pouvait durer des heures. Et comme, en plus, Piper s'intéressait à tout ce qui avait un rapport avec la cuisine, Phoebe se sentait exclue de ce genre de conversation.

Elle s'éloigna pour flâner autour de la maison dont l'arrière était plongé dans l'ombre. Elle fit quelques pas et se demanda tout à coup pourquoi ses baskets couinaient. Elle regarda ses pieds et constata que le sol était marécageux. Elle se rappela que Daphné et Kane leur avaient dit que les plantations avaient été construites sur le bayou, les mettant en garde de ne pas s'aventurer trop loin.

Phoebe décida quand même de faire un petit tour, en ne s'éloignant pas des vieux bâtiments. Parvenue au dernier d'entre eux, elle aperçut une porte entrebâillée qu'elle poussa.

— Arrêtez ! lui dit sèchement une voix.

Phoebe se retourna. Yvonne se tenait derrière elle, portant un panier rempli d'herbes.

— Je jetais juste un œil, bredouilla Phoebe, surprise de voir la vieille gouvernante.

Les yeux sombres de la cuisinière brillèrent étrangement.

— Prends garde à toi, ou tu le regretteras, lui dit-elle.

Puis elle disparut derrière le bâtiment.

« Tu le regretteras » ? Qu'avait-elle voulu dire par là ? D'accord, la curiosité pouvait être un vilain défaut, mais quand même…

Phoebe mit la main sur la poignée de la porte pour la refermer, quand soudain elle eut une vision.

Elle distingua le visage d'une jeune fille terrorisée, puis entendit une incantation, suivie d'un hurlement de terreur.

Puis, plus rien.

Elle avait eu le temps de s'habituer à son pouvoir depuis qu'elle l'avait découvert. Mais cette fois-ci elle restait paralysée. Le présage de mauvais augure d'Yvonne résonnait dans sa tête : « Tu le regretteras. »

Elle sortit enfin de sa torpeur et se dépêcha de rejoindre ses sœurs.

— Tu es vraiment certaine qu'Yvonne t'a dit ça ? lui demanda Piper.

Installées dans la salle à manger de la pension, les trois jeunes femmes finissaient de copieuses assiettes de crevettes épicées à la créole, accompagnées de riz.

— Je te dis qu'Yvonne n'avait réellement pas l'air de plaisanter.

Réalisant que n'importe qui pouvait les entendre, Piper posa un doigt sur ses lèvres.

— Phoebe, s'il te plaît, baisse d'un ton.

— Je me demande pourquoi elle t'a fait cette mise en garde, dit Prue en parlant plus bas. Je suppose que les gens qui travaillent dans les *bed and breakfast* n'ont pas pour habitude de faire peur à leurs hôtes.

— À propos, où sont les autres pensionnaires ? interrogea Phoebe. J'ai l'impression que nous sommes seules ici.

Piper secoua la tête.

— Non. Lorsque je suis descendue prendre le petit déjeuner avec Prue, Yvonne débarrassait des assiettes sales.

— Ouais, bon, de toute façon, cet endroit commence à me donner la chair de poule, confia Phoebe. Surtout après cette vision…

— Tu es certaine de ne pas connaître cette fille ? demanda Piper.

— Pratiquement sûre, bien que j'aie ressenti quelque chose de familier dans son regard d'un bleu intense, comme une sorte de complicité entre nous, l'impression de l'avoir déjà vue quelque part.

— Peut-être en photo, suggéra Prue.

— Non... en fait, je n'en sais rien, répondit Phoebe.

— Bon, crois-tu que cela ait un quelconque rapport avec le passé ou le futur ? demanda Piper.

— Je ne sais vraiment pas.

Elles mangèrent sans mot dire pendant plusieurs minutes, avant que Piper ne se décide à briser le silence :

— Il y a une pointe d'herbe dans ce gombo que je n'arrive pas à reconnaître. Phoebe, tu nous as dit qu'Yvonne en avait un plein panier. C'était quoi ?

— Mais enfin, Piper, je n'en sais rien ! J'étais terrorisée. Je n'y ai pas fait attention !

— Mesdames, bonjour ! lança Kane Montague du seuil de la pièce.

— Appréciez-vous votre déjeuner ? ajouta Daphné.

Piper faillit s'étouffer. Pourvu qu'ils n'aient rien entendu !

— C'est parfait, merci, leur répondit Prue.

— Absolument délicieux, renchérit Piper. Savez-vous quelles herbes Yvonne utilise pour faire sa sauce créole ?

— Yvonne ne dévoile jamais ses secrets, leur avoua Daphné. Ses recettes n'appartiennent qu'à elle.

— Accepteriez-vous de prendre un verre en notre compagnie ? leur demanda Kane. Les Phillips, nos autres hôtes, viennent juste de rentrer d'une balade sur la rivière et vont se joindre à nous.

— Bien volontiers, acquiesça Piper.

La présence d'autres personnes la rassérénait un peu.

Mais pourquoi avait-elle besoin d'être rassurée ? L'état de nervosité dans lequel se trouvait Phoebe y était pour quelque chose. Tout allait bien, pourtant. Elle était en vacances, censée se reposer, et n'éprouvait aucune envie de déroger à ce principe. Phoebe avait dû tout simplement mal interpréter les propos d'Yvonne.

Elle repoussa sa chaise pour se lever et prit son assiette.

— Je vous en prie, Yvonne va se charger de desservir, dit Daphné en passant un bras autour des épaules de Piper. Venez dans la bibliothèque. Des boissons vous y attendent.

Elle les présenta à Harold et Marge Phillips, un sympathique couple de retraités. Ils avaient la manie de toujours finir la phrase commencée par l'autre et s'appelaient systématiquement « chéri(e) ».

Piper les aima d'emblée. Ils avaient été enthousiasmés par leur séjour et envisageaient de revenir l'année suivante, ce qui conforta la jeune femme dans l'idée qu'il n'y avait rien d'étrange dans cette maison.

Bientôt, Kane les rejoignit.

— Yvonne va nous apporter du thé et du xérès d'un instant à l'autre, dit-il. En attendant, avez-vous des questions ?

— Quand la maison a-t-elle été construite ? s'enquit Prue.

— En 1806, par l'un de mes ancêtres, un capitaine de navire qui, dès qu'il y a mis les pieds, est instantanément tombé amoureux de la Louisiane. Il ne l'a jamais quittée.

— La maison a toujours appartenu à la famille de Kane, ajouta Daphné.

— Mon grand-père y a vécu jusqu'à sa mort. Nous en avons hérité et avons commencé à la restaurer avec l'aide de Randy. Ce garçon a été un don du ciel. Il est arrivé l'année dernière, il cherchait un travail de charpentier. Je l'ai engagé immédiatement.

— Kane, Yvonne est-elle à votre service depuis longtemps ? demanda Piper.

— Yvonne fait partie des meubles, répondit-il en souriant. Elle a travaillé pendant des années pour mon grand-père. Nous ne pouvons que nous en féliciter, car c'est une cuisinière hors pair.

— Vous êtes en train de parler de moi ?

Yvonne entra, portant un plateau sur lequel étaient posés une carafe, sept jolis petits verres, ainsi qu'un service à thé. Elle souriait.

— Oui, nous vantions vos qualités, confirma Kane.

— En ce qui concerne la cuisine, je n'ai pas à m'en cacher, dit-elle de façon très naturelle.

Puis elle leur proposa du thé et du xérès.

Harold Phillips se leva et prit la main de sa femme.

— Yvonne, au cas où nous n'aurions pas l'occasion de vous revoir avant notre départ, je tiens à vous saluer, car Marge et moi décollons de très bonne heure demain matin.

— Vous êtes un véritable cordon-bleu, déclara Marge en serrant la cuisinière dans ses bras.

Piper ne savait plus que penser : Yvonne n'avait rien de la vieille bique que Phoebe imaginait.

Phoebe lui jeta un rapide coup d'œil, tandis qu'elle quittait la pièce. Il était évident que sa sœur pensait la même chose, et cela la troublait.

Cependant, dès l'apparition de Randy, Phoebe se métamorphosa. Il était vêtu d'un jean propre et d'un pull marin. Piper se dit que, quoi qu'il porte, il était toujours aussi séduisant.

Le jeune homme questionna Kane à propos d'un fertilisant pour la pelouse et déclina l'offre de partager un verre avec eux. Il prit néanmoins son temps pour échanger quelques mots avec Phoebe, qui pouffait et flirtait ouvertement. Elle accepta même un autre verre de xérès, provenant de la réserve personnelle de Kane.

De son côté, Piper désapprouvait l'attitude de sa sœur, qui s'enivrait. Si quelque démon survenait, elle serait incapable de se protéger.

Mais que pouvait-il arriver ? se demandait Piper.

Phoebe fit un bond dans son lit.

Elle regarda la chambre, qui ne lui était pas encore familière. Les fenêtres étaient ouvertes et les rideaux se soulevaient légèrement sous l'effet de l'étouffante brise nocturne.

Puis elle perçut un bruit venant de l'extérieur, comme une pulsation régulière, semblable à celle d'un battement de cœur étouffé...

— Des tambours... murmura Phoebe.

Le *bed and breakfast* était situé au milieu de nulle part. Qui pouvait donc jouer des percussions à une heure pareille ?

Elle se glissa hors du lit et s'avança à pas feutrés vers la porte-fenêtre qui donnait sur le balcon. Après un instant d'hésitation, elle la franchit.

La musique ne provenait pas de l'habitation principale, mais elle était incapable d'en déterminer précisément l'origine. Malgré la température qui avoisinait les trente-cinq degrés, Phoebe, qui n'était vêtue que d'un tee-shirt et d'un caleçon à rayures en coton, frissonnait.

Elle n'avait pas froid.

Non, elle était...

En fait, elle ne comprenait pas vraiment ce qu'elle ressentait. Peut-être une légère gueule de bois ? Mais elle ne pouvait s'empêcher de penser que quelque chose clochait, et ce, depuis le début de leurs vacances.

Elle s'appuya sur la balustrade en fer forgé et regarda la rangée de fenêtres obscures qui s'alignaient sur le balcon. La chambre de Prue se situait un peu plus loin, à côté de celle de Piper. Ses sœurs étaient sûrement en train de dormir.

Soudain, une sorte de plainte aiguë, suivie d'un grognement, s'ajouta au rythme saccadé des tambours. Cela semblait venir d'assez loin, d'un endroit situé par-delà le périmètre d'arbres qui encadraient le jardin au-dessous d'elle.

Phoebe avait la chair de poule en se rappelant le conseil d'Yvonne : « P'ends gade à toi tant que t'es là, ou tu le regretteras. » Cet avertissement lui paraissait à présent totalement justifié.

Elle retourna dans sa chambre, ferma avec soin la porte-fenêtre, plongea dans son lit et se couvrit la tête avec le drap.

Elle resta un long moment immobile. Les gémissements et les plaintes continuaient à résonner dans le bayou.

Elle réussit finalement à se détendre. Mais, alors qu'elle était sur le point de s'assoupir, un bruit sec la fit sursauter. Elle retint sa respiration. Puis, de nouveau un couinement, comme une latte de parquet qui grince sous le poids de quelqu'un.

Elle se redressa en repoussant le drap et distingua une ombre qui se dirigeait vers elle. Dans sa main, quelque chose scintillait.

S'agissait-il d'un couteau ?

Non, mais bien des deux lames en argent d'une énorme paire de cisailles.

Phoebe voulut hurler, mais la silhouette lui plaqua violemment une main sur la bouche. Elle essaya vainement de se débattre. Totalement désarmée, elle ne pouvait ni bouger ni appeler au secours.

Et les pointes acérées des cisailles plongeaient sur elle.

Dans la même collection

Charmed

1. Le pouvoir des trois
2. Le baiser des ténèbres
3. Le sortilège écarlate
4. Quand le passé revient
5. Rituel vaudou
6. Menaces de mort
7. Le violon ensorcelé
(à paraître en février 2003)

Composition : Francisco *Compo*
61290 Longny-au-Perche

Impréssion réalisée sur Presse Offset par

BRODARD & TAUPIN

GROUPE CPI

La Flèche (Sarthe), le 06-11-2002
N° d'impression : 14890

Dépôt légal : novembre 2002.

Imprimé en France

POCKET jeunesse 12, avenue d'Italie • 75627 PARIS Cedex 13

Tél. : 01.44.16.05.00